人间好时节

张晓风 等 著

九 州 出 版 社
JIUZHOUPRESS

清风暖阳之下

简而美地生活

掩耳不听那尘世喧嚣

感受世间宁静的快乐

风丝袅，水浸碧天清晓。一镜湿云青未了，雨晴春草草。

梦里轻螺谁扫，帘外落花红小。独睡起来情悄悄，寄愁何处好。

清 纳兰性德

一雨池塘水面平，淡磨明镜照檐楹。

东风忽起垂杨舞，更作荷心万点声。

宋 刘攽

目录

篱外谁家不系船，春风吹入钓鱼湾。
小童疑是有村客，急向柴门去却关。

唐 崔道融

秋已尽，日犹长，仲宣怀远更凄凉。
不如随分尊前醉，莫负东篱菊蕊黄。

宋 李清照

春之怀古

张晓风

春天必然曾经是这样的：从绿意内敛的山头，一把雪再也撑不住了，「噗嗤」一声，将冷面笑成花面，一首澌澌然的歌便从云端唱到山麓，从山麓唱到低低的荒村。

春天必然曾经是这样的：从绿意内敛的山头，一把雪再也撑不住了，“噗嗤”一声，将冷面笑成花面，一首澌澌然的歌便从云端唱到山麓，从山麓唱到低低的荒村，唱入篱落，唱入一只小鸭的黄蹼，唱入软溶溶的春泥——软如一床新翻的棉被的春泥。

那样娇，那样敏感，却又那样浑沌无涯。一声雷，可以无端地惹哭满天的云，一阵杜鹃啼，可以斗急了一城杜鹃花，一阵风起，每一棵柳都会吟出一则则白茫茫、虚飘飘、说也说不清、听也听不清的飞絮，每一丝飞絮都是一株柳的分号。反正，春天就是这样不讲理，不逻辑，而仍可以好得让人心平气和的。

春天必然会是这样的：满塘叶黯花残的枯梗抵死苦守一截老根，北地里千宅万户的屋梁受尽风欺雪扰自温柔地抱着一团小小的空虚的燕巢。然后，忽然有一天，桃花把所有的山村水廓都攻陷了。柳树把皇室的御沟和民间的江头都控制住了——春天有如旌旗鲜明的王师，因为长期虔诚的企盼祝祷而美丽起来。

而关于春天的名字，必然曾经有这样的一段故事：在《诗经》之前，在《尚书》之前，在仓颉造字之前，一只小羊在啮草时猛然感到的多汁，一个孩子放风筝时猛然感觉到的飞腾，一双患风痛的腿在猛然间感到舒适，千千万万双素手在溪畔在江畔浣纱时所猛然感到的水的血脉……当他们惊讶地奔走互告的时候，他们决定将嘴噘成吹口哨的形状，用一种愉快的耳语的声音来为这季节命名——“春”。

鸟又可以开始丈量天空了。有的负责丈量天的蓝度，有的负责丈量天的透明度，有的负责用那双翼丈量天的高度和深度。而所有的鸟全不是好的数学家，他们吱吱喳喳地算了又算，核了又核，终于还是不敢宣布统计数字。

至于所有的花，已交给蝴蝶去数。所有的蕊，交给蜜蜂去编册。所有的树，交给风去纵宠。而风，交给檐前的老风铃去一一记忆、一一垂询。

春天必然曾经是这样，或者，在什么地方，它仍然是这样的吧？穿越烟囱与烟囱的黑森林，我想走访那踯躅在湮远年代中的春天。

又是一年春草绿

梁遇春

笑涡里贮着泪珠儿的我活在这个乌云里夹着闪电，早上彩霞暮雨凄凄的宇宙里，天人合一，也可以说是无憾了。

一年四季，我最怕的却是春天。夏的沉闷，秋的枯燥，冬的寂寞，我都能够忍受，有时还感到片刻的欣欢。灼热的阳光，憔悴的霜林，浓密的乌云，这些东西跟满目疮痍的人世是这么相称，真可算作这出永远演不完的悲剧的绝好背景。当个演员，同时又当个观客的我虽然心酸，看到这么美妙的艺术，有时也免不了陶然色喜，传出灵魂上的笑涡了。坐在炉边，听到呼呼的北风，一页一页翻阅一些畸零人的书信或日记，我的心境大概有点像人们所谓春的情调吧。可是一看到阶前草绿，窗外花红，我就感到宇宙的不调和，好像在弥留病人的榻旁听到少女的轻脆的笑声，不，简直好像参加婚礼时候听到凄楚的丧钟。这到底是恶魔的调侃呢，还是垂泪的慈母拿几件新奇的玩物来哄临终的孩子呢？每当大地春回的时候，我常想起《哈姆雷特》里面那位姑娘戴着鲜花圈子，唱着歌儿，沉到水里去了。这真是莫大的悲剧呀，比哈姆雷特的命运还来得可伤，叫人们啼笑皆非，只好朦胧地徜徉于迷途之上，在谜的空气里度过鲜血染着鲜花的一生了。坟墓旁年年开遍了春花，宇宙永远是这样二元，两者错综起来，就构成了这个杂乱下劣的人世了。其实不单自然界是这样子安排颠倒遇颠连，人事也无非如此白莲与污泥相接，在卑鄙坏恶的人群里偏有些雪白晶清的灵魂，可是旷世的伟人又是三寸名心未死，落个白玉之玷了。天下有了伪君子，我们虽然亲眼看见美德，也不敢贸然去相信了；可是极无聊、极不堪的下流种子有时却磊落大方，一鸣惊人，情愿把自己牺牲了。席勒说："只有错误才是活的，真理只好算做个死东西罢了。"可见连抽象的境界里都不会有个称心如意的事情了。"可哀惟有人间世"，大概就是为着这个原因吧。

我是个常带笑脸的人，虽然心绪凄苦的时候居多。可是我的笑并不是百无聊赖时的苦笑，假使人生单使我们觉得无可奈何，"独闭空斋画大圈"，那么这个世界也不值得一笑了。我的笑也不是世故老人的冷笑，忙忙扰扰的哀乐虽然尝过了不少，鬼鬼祟祟的把戏虽然也窥破了一二，我却总不拿这类下流的伎俩放在眼里，以为不值得尊称为世故的对象，所以不管我多么焦头烂额，立在这片瓦砾场中，我向来不屑对于这些加之以冷笑。我的笑也不是哀莫大于心死以后的狞笑。我现在最感到苦痛的就是我的心太活跃了，不知怎的，无论到哪儿去，总有些触目伤心、凄然泪下的意思，大有失恋与伤逝冶于一炉的光景，怎么还会狞笑呢。我的辛酸心境并不是年青人常有的那种略带诗意的感伤情调，那是生命之杯盛满后溅出来的泡花，那是无上的快乐呀，释迦牟尼佛所以会那么陶然，也就是为着他具了那个清风朗月的慈悲境界吧。走入人生迷园而不能自拔的我怎么会有这种的闲情逸致呢！我的辛酸心境也不是像丁尼生所说的“天下最沉痛的事情莫过于回忆起欣欢的日子”。这位诗人自己却又说道：“曾经亲爱过，后来永诀了，总比绝没有亲爱过好多了。”我是没有过这么一度的鸟语花香，我的生涯好比没有绿洲的空旷沙漠，好比没有棕榈的热带国土，简直是挂着蛛网，未曾听过管弦声的一所空屋。我的辛酸心境更不是像近代仕女们脸上故意贴上的“黑点”，朋友们看到我微笑着道出许多伤心话，总是不能见谅，以为这些娓娓酸语无非拿来点缀风光，更增生活的妩媚罢了。“知己从来不易知”，其实我们也用不着这样苛求，谁敢说真知道了自己呢，否则希腊人也不必在神庙里刻上“知道你自己”那句话了，可是我就没有走过芳花缤纷的蔷薇的路，我只看见枯树同落叶；狂欢的宴席上排了一个白森森的人头固然可以叫古代的波斯人感到人生的悠忽而更见沉醉，骷髅搂着如花的少女跳舞固然可以使荒山上月光里的撒旦摇着头上的两角哈哈大笑，但是八百里的荆棘岭总不能算作愉快的旅程吧；梅花落后，雪月空明，当然是个好境界，可是牛山濯濯的峭壁上一年到底只有一阵一阵的狂风瞎吹着，那就会叫人思之欲泣了。这些话虽然言之过甚，缩小来看，也可以映出我这个无可为欢处的心境了。

在这个无时无地都有哭声回响着的世界里年年偏有这么一个春天；在这个满天澄蓝，泼地草绿的季节，毒蛇却也换了一套春装睡眼朦胧地来跟人们作伴了，禁闭于层冰底下的秽气也随着春水的绿波传到情侣的身旁了。这些矛盾恐怕就是数千年来贤哲所追求的宇宙本质吧！蓦尔的我大概也分了一份上帝这笔礼物吧。笑涡里贮着泪珠儿的我活在这个乌云里夹着闪电，早上彩霞暮雨凄凄的宇宙里，天人合一，也可以说是无憾了，何必再去寻找那个无根的解释呢。“满眼春风百事非”，这般就是这般。

春雨

梁遇春

整天的春雨，接着是整天的春阴，这真是世上最愉快的事情了。

整天的春雨，接着是整天的春阴，这真是世上最愉快的事情了。我向来厌恶晴朗的日子，尤其是骄阳的春天；在这个悲惨的地球上忽然来了这么一个欣欢的气象，简直像百无聊赖的主人宴饮生客时拿出来的那副古怪笑脸，完全显出宇宙里的白痴成分。在所谓大好的春光之下，人们都到公园大街或者名胜地方去招摇过市，像猩猩那样嘻嘻笑着，真是得意忘形，弄到变成为四不像了。可是阴霾四布或者急雨滂沱的时候，就是最沾沾自喜的财主也会感到苦闷，因此也略带了一些人的气味，不像好天气时候那样望着阳光，盛气凌人地大踏步走着，颇有"上帝在上，我得其所"的意思。至于懂得人世哀怨的人们，黯淡的日子可说是他们唯一光荣的时光。苍穹替他们流泪，乌云替他们皱眉，他们觉到四围都是同情的空气，仿佛一个堕落的女子躺在母亲怀中，看见慈母一滴滴的热泪溅到自己的泪痕，真是润遍了枯萎的心田。斗室中默坐着，忆念十载相违的密友，已经走去的情人，想起生平种种的坎坷，一身经历的苦楚，倾听窗外檐前凄清的滴沥，仰观波涛浪涌，似无止期的雨云，这时一切的荆棘都化作洁净的白莲花了，好比中古时代那班圣者被残杀后所显的神迹。“最难风雨故人来”，阴森森的天气使我们更感到人世温情的可爱，替从苦雨凄风中来的朋友倒上一杯热茶时候，我们很有“放下屠刀，立地成佛”的心境。“风雨如晦，鸡鸣不已”，人类真是只有从悲哀里滚出来才能得到解脱，千锤百炼，腰间才有这一把明晃晃的钢刀，“今日把示君，谁为不平事”“山雨欲来风满楼”，这很可以象征我们孑立人间，尝尽辛酸，远望来日大难的气概，真好像思乡的客子拍着阑干，看到郭外的牛羊，想起故里的田园，怀念着宿草新坟里当年的竹马之交，泪眼里仿佛模糊辨出龙钟的父老蹒跚走着，或者只瞧见几根靠在破壁上的拐杖的影子。所谓生活术恐怕就在于怎么样当这么一个临风的征人吧。无论是风雨横来，无论是澄江一练，始终好像惦记着一个花一般的家乡，那可说就是生平理想的结晶，蕴在心头的诗情，也就是明哲保身的最后壁垒了；可是同时还能够认清眼底的江山，把住自己的步骤，不管这个异地的人们是多么残酷，不管这个他乡的水土是多么不惯，却能够清瘦地站着，戛戛然好似狂风中的老树。能够忍受，却没有麻木，能够多情，却不流于感伤，仿佛楼前的春雨，悄悄下着，遮住耀目的阳光，却滋润了百草同千花。檐前的燕子躲在巢中，对着如丝如梦的细雨呢喃，真有点像也向我道出此中的消息。

可是春雨有时也凶猛得可以，风驰电掣，从高山倾泻下来似的，万紫千红，都付诸流水，看起来好像是煞风景的，也许是那有怀抱吧。生平性急，一二知交常常焦急万分地苦口劝我，可是暗室扪心，自信绝不是追逐事功的人，不过对于纷纷扰扰的劳生却常感到厌倦，所谓性急无非是疲累的反响吧。有时我却极有耐心，好像废殿上的玻璃瓦，一任他风吹雨打，霜蚀日晒，总是那样了痴痴地望着空旷的青天。我又好像能够在没字碑面前坐下，慢慢地去冥想这块石板的深意，简直是个蒲团已碎，呆然趺坐着的老僧，想赶快将世事了结，可以抽身到紫竹林中去逍遥，跟把世事撇在一边，大隐隐于市，就站在热闹场中来仰观天上的白云，这两种心境原来是不相矛盾的。我虽然还没有，而且绝不会跳出人海的波澜，但是拳拳之意自己也略知一二，大概摆动于焦躁与倦怠之间，总以无可奈何天为中心吧。所以我虽然爱濛濛茸茸的细雨，我也爱大刀阔斧的急雨，纷至沓来，洗去阳光，同时也洗去云雾，使我们想起也许此后永无风恬日美的光阴了，也许老是一阵一阵的暴雨，将人世哀乐的踪迹都漂到大海里去，白浪一翻，什么渣滓也看不出了。焦躁同倦怠的心境在此都得到涅槃的妙悟，整个世界就像客走后，撇下筵席洗得顶干净，排在厨房架子上的杯盘，当个主妇的创造主看着大概也会微笑吧，觉得一天的工作总算告终了。最少我常常臆想这个还了本来面目的大地。

可是最妙的境界恐怕是尺犊里面那句烂调，所谓“春雨缠绵”吧。一连下了十几天的霉雨，好像再也不会晴了，可是时时刻刻都有晴朗的可能。有时天上现出一大片的澄蓝，雨脚也慢慢收束了，忽然间又重新点滴凄清起来，那种捉摸不到，万分别扭的神情真可以做这个哑谜一般的人生的象征。记得十几年前每当连朝春雨的时候，常常剪纸作和尚形状，把他倒贴在水缸旁边，意思是叫老天不要再下雨了，虽然看到院子里雨脚下一粒一粒新生的水泡我总觉到无限的欣欢，尤其当急急走过檐前，脖子上溅几滴雨水的时候。可是那时我对于春雨的情趣是不知不觉之间领略到的，并没有凝神去寻找，等到知道怎么样去欣赏恬适的雨声时候，我却老在干燥的此地做客，单是夏天回去，看看无聊的骤雨，过一过雨瘾罢了。因此“小楼一夜听春雨”的快乐当面错过，从我指尖上滑走了，盛年时候好梦无多，到现在彩云已散，一片白茫茫，生活不着边际，如堕五里雾中，对于春雨的怅惘只好算做内中的一小节吧，可是仿佛这一点很可以代表我整个的悲哀情绪。但是我始终喜欢冥想春雨，也许因为我对于自己的愁绪很有顾惜爱抚的意思；我常常把陶诗改过来，向自己说道：“衣沾不足惜，但愿恨无违。”我会爱凝恨也似的缠绵春雨，大概也因为自己有这种的境吧。

春酒

琦君

农村的新年，是非常长的。过了元宵灯节，年景尚未完全落幕。还有个家家邀饮春酒的节日，再度引起高潮。

农村的新年，是非常长的。过了元宵灯节，年景尚未完全落幕。还有个家家邀饮春酒的节目，再度引起高潮。在我的感觉里，其气氛之热闹，有时还超过初一至初五那五天新年呢。原因是：新年时，注重迎神拜佛，小孩子们玩儿不许在大厅上、厨房里，生怕撞来撞去，碰碎碗盏。尤其我是女孩子，蒸糕时，脚都不许搁住灶孔边，吃东西不许随便抓。因为许多都是要先供佛与祖先的。说话尤其要小心，要多讨吉利，因此觉得很受拘束。过了元宵，大人们觉得我们都乖乖的，没闯什么祸，佛堂与神位前的供品换下来堆得满满一大缸，都分给我们撒开地吃了。尤其是家家户户轮流的邀喝春酒，我是母亲的代表，总是一马当先，不请自到，肚子吃得鼓鼓的跟蜜蜂似的，手里还捧一大包回家。

可是说实在的，我家吃的东西多，连北平寄来的金丝蜜枣、巧克力糖都吃过，对于花生、桂圆、松糖等等，已经不稀罕了。那么我最喜欢的是什么呢？乃是母亲在冬至那天就泡的八宝酒，到了喝春酒时，就开出来请大家尝尝。“补气、健脾、明目的哟！”母亲总是得意地说。她又转向我说：“但是你呀，就只能舔一指甲缝，小孩子喝多了会流鼻血，太补了。”其实我没等她说完，早已偷偷把手指头伸在杯子里好几回，已经不知舔了多少个指甲缝的八宝酒了。

八宝酒，顾名思义，是八样东西泡的酒，那就是黑枣（不知是南枣还是北枣）、荔枝、桂圆、杏仁、陈皮、枸杞子、薏仁米，再加两粒橄榄。要泡一个月，打开来，酒香加药香，恨不得一口气喝它三大杯。母亲给我在小酒杯底里只倒一点点，我端着、闻着，走来走去，有一次一不小心，跨门槛时跌了一跤，杯子捏在手里，酒却全洒在衣襟上了。抱着小花猫时，它直舔，舔完了就呼呼地睡觉。原来我的小花猫也是个酒仙呢！

我喝完春酒回来，母亲总要闻闻我的嘴巴，问我喝了几杯酒。我总是说：“只喝一杯，因为里面没有八宝，不甜呀。”母亲听了很高兴。她自己请邻居来吃春酒，一定给他们每人斟一杯八宝酒。我呢，就在每个人怀里靠一下，用筷子点一下酒，舔一舔，才过瘾。

春酒以外，我家还有一项特别节目，就是喝会酒。凡是村子里有人急需钱用，要起个会，凑齐十二个人，正月里，会首总要请那十一位喝春酒表示酬谢，地点一定借我家的大花厅。酒席是从城里叫来的，和乡下所谓的八盘五、八盘八（就是八个冷盘，五道或八道大碗的热菜）不同，城里酒席称之为“十二碟”（大概是四冷盘、四热炒、四大碗煨炖大菜），是最最讲究的酒席了。所以乡下人如果对人表示感谢，口头话就是“我请你吃十二碟”。因此，我每年正月里，喝完左邻右舍的春酒，就眼巴巴地盼着大花厅里那桌十二碟的大酒席了。

母亲是从不上会的，但总是很乐意把花厅给大家请客，可以添点新春喜气。花匠阿标叔也巴结地把煤气灯玻璃罩擦得亮晶晶的，呼呼呼地点燃了，挂在花厅正中，让大家吃酒时划拳吆喝，格外的兴高采烈。我呢，一定有份坐在会首旁边，得吃得喝。这时，母亲就会捧一瓶她自己泡的八宝酒给大家尝尝助兴。

席散时，会首给每个人分一条印花手帕。母亲和我也各有一条，我就等于得了两条，开心得要命。大家喝了甜美的八宝酒，都问母亲里面泡的是什么宝贝。母亲得意地说了一遍又一遍，高兴得两颊红红的，跟喝过酒似的。其实母亲是滴酒不沾唇的。

不仅是酒，母亲终年勤勤快快的，做这做那，做出新鲜别致的东西，总是分给别人吃，自己却很少吃。人家问她每种材料要放多少，她总是笑眯眯地说：“大约摸差不多就是了，我也没有一定分量的。”但她还是一样一样仔细地告诉别人。可见她做什么事，都有个尺度在心中的。她常常说："鞋差分、衣差寸，分分寸寸要留神。"

今年，我也如法炮制，泡了八宝酒，用以供祖后，倒一杯给儿子，告诉他是"分岁酒"，喝下去又长大一岁了。他挑剔地说："你用的是美国货葡萄酒，不是你小时候家乡自己酿的酒呀。"

一句话提醒了我，究竟不是道地家乡味啊。可是叫我到哪儿去找真正的家醅呢?

春底林野

许地山

在这万山环抱的桃林中，除那班爱闹的孩子以外，万物把春光领略得心眼都迷蒙了。

春光在万山环抱里，更是泄露得迟。那里的桃花还是开着；漫游的薄云从这峰飞过那峰，有时稍停一会，为的是挡住太阳，教地面的花草在它的荫下避避光焰的威吓。

岩下的荫处和山溪的旁边满长了薇蕨和其他凤尾草。红、黄、蓝、紫的小草花点缀在绿茵上头。

天中的云雀，林中的金莺。都鼓起它们的舌簧。轻风把它们的声音挤成一片，分送给山中各样有耳无耳的生物。桃花听得入神，禁不住落了几点粉泪，一片一片凝在地上。小草花听得大醉，也和着声音的节拍一会倒，一会起，没有镇定的时候。

林下一班孩子正在那里捡桃花的落瓣哪。他们捡着，清儿忽嚷起来，道："嗄，邕邕来了！"众孩子住了手，都向桃林的尽头盼望。果然邕邕也在那里摘草花。

清儿道："我们今天可要试试阿桐的本领了。若是他能办得到，我们都把花瓣穿成一串璎珞围在他身上，封他为大哥如何？"

众人都答应了。

阿桐走到邕邕面前，道：“我们正等着你来呢。”

阿桐的左手盘在邕邕的脖上，一面走一面说：“今天他们要替你办嫁妆，教你做我的妻子。你能做我的妻子么？”

邕邕狠视了阿桐一下，回头用手推开他，不许他的手再搭在自己脖上。孩子们都笑得支持不住了。

众孩子嚷道：“我们见过邕邕用手推人了！阿桐赢了！”

邕邕从来不会拒绝人，阿桐怎能知道一说那话，就能使她动手呢？是春光的荡漾，把他这种心思泛出来呢？或者，天地之心就是这样呢？

你且看：漫游的薄云还是从这峰飞过那峰。

你且听：云雀和金莺的歌声还布满了空中和林中。在这万山环抱的桃林中，除那班爱闹的孩子以外，万物把春光领略得心眼都迷蒙了。

一日的春光

冰心

一春以来对于春的憎嫌，这时都消失了。喜悦地仰首，眼前是烂漫的春，骄奢的春，光艳的春——似乎春在九十日来无数的徘徊瞻顾，百就千拦，只为的是今日在此树枝头，快意恣情的一放！

去年冬末，我给一位远方的朋友写信，曾说：“我要尽量地吞咽今年北平的春天。”

今年北平的春天来的特别晚，而且在还不知春在哪里的时候，抬头忽见黄尘中绿叶成荫，柳絮乱飞，才晓得在厚厚的尘沙黄幕之后，春还未曾露面，已悄悄地远引了。

天下事都是如此——

去年冬天是特别的冷，也显得特别的长。每天夜里，灯下孤坐，听着扑窗怒号的朔风，小楼震动，觉得身上心里，都没有一丝暖气，一冬来，一切的快乐、活泼、力量、生命，似乎都冻得蜷伏在每一个细胞的深处。我无聊地安慰自己说，“等着吧，冬天来了，春天还能很远么？”

然而这狂风，大雪，冬天的行列，排得意外的长，似乎没有完尽的时候。有一天看见湖上冰软了，我的心顿然欢喜，说，“春天来了！”当天夜里，北风又卷起漫天匝地的黄沙，愤怒地扑着我的窗户，把我心中的春意，又吹得四散。有一天看见柳梢嫩黄了，那天的下午，又不住地下着不成雪的冷雨，黄昏时节，严冬的衣服，又披上了身。有一天看见院里的桃花开了，这天刚刚过午，从东南的天边，顷刻布满了惨暗的黄云，跟着千枝风动，这刚放蕊的春英，又都埋罩在漠漠的黄尘里……

九十天看看过尽——我不信了春天！

几位朋友说，“到大觉寺看杏花去吧。”虽然我的心中，始终未曾得到春的消息，却也跟着大家去了。到了管家岭，扑面的风尘里，几百棵杏树枝头，一望已尽是残花败蕊；转到大工，向阳的山谷之中，还有几株盛开的红杏，然而盛开中气力已尽，不是那满树浓红、花蕊相间的情态了。

我想，“春去了就去了吧！”归途中心里倒也坦然，这坦然中是三分悼惜，七分憎嫌，总之，我不信了春天。

四月三十日的下午，有位朋友约我到挂甲屯吴家花园去看海棠，“且喜天气晴明”——现在回想起来，那天是九十春光中唯一的春天——海棠花又是我所深爱的，就欣然地答应了。

东坡恨海棠无香，我却以为若是香得不妙，宁可无香。我的院里栽了几棵丁香和珍珠梅，夏天还有玉簪，秋天还有菊花，栽后都很后悔。因为这些花香，都使我头痛，不能折来养在屋里。所以有香的花中，我只爱兰花、桂花、香豆花和玫瑰，无香的花中，海棠要算我最喜欢的了。

海棠是浅浅的红，红得“乐而不淫”，淡淡的白，白得“哀而不伤”，又有满树的绿叶掩映着，秾纤适中，像一个天真、健美、欢悦的少女，同是造物者最得意的作品。

斜阳里，我正对着那几树繁花坐下。

春在眼前了！

这四棵海棠在怀馨堂前，北边的那两棵较大，高出堂檐约五六尺。花后是响晴蔚蓝的天，淡淡的半圆的月，遥俯树梢。这四棵树上，有千千万万玲珑娇艳的花朵，乱哄哄的在繁枝上挤着开……

看见过幼稚园放学没有？从小小的门里，挤着的跳出涌出使人眼花缭乱的一大群的快乐、活泼、力量，和生命；这一大群跳着涌着的分散在极大的周围，在生的季候里做成了永远的春天！

那在海棠枝上卖力的春，使我当时有同样的感觉。

一春以来对于春的憎嫌，这时都消失了。喜悦地仰首，眼前是烂漫的春，骄奢的春，光艳的春——似乎春在九十日来无数的徘徊瞻顾，百就千拦，只为的是今日在此树枝头，快意恣情的一放！

看得恰到好处，便辞谢了主人回来。这春天吞咽得口有余香！过了三四天，又有友人来约同去，我却回绝了。今年到处寻春，总是太晚，我知道那时若去，已是“落红万点愁如海”，春来萧索如斯，大不必去惹那如海的愁绪。

虽然九十天中，只有一日的春光，而对于春天，似乎已得了报复，不再怨恨憎嫌了。只是满意之余，还觉得有些遗憾，如同小孩子打架后相寻，大家忍不住回嗔作喜，却又不肯即时言归于好，只背着脸，低着头，撅着嘴说，“早知道你又来哄我找我，当初又何必把我冰在那里呢？”

大明湖之春

老舍

湖景若无可观，湖中的出产可是很名贵呀。懂得什么叫作「美」的人或者不如懂得什么好吃的人多吧。

北方的春本来就不长，还往往被狂风给七手八脚的刮了走。济南的桃李丁香与海棠什么的，差不多年年被黄风吹得一干二净，地暗天昏，落花与黄沙卷在一处，再睁眼时，春已过去了！记得有一回，正是丁香乍开的时候，也就是下午两三点钟吧，屋中就非点灯不可了；风是一阵比一阵大，天色由灰而黄，而深黄，而黑黄，而漆黑，黑得可怕。第二天去看院中的两株紫丁香，花已像煮过一回，嫩叶几乎全破了！济南的秋冬，风倒很少，大概都留在春天刮呢。

有这样的风在这儿等着，济南简直可以说没有春天；那么，大明湖之春更无从说起。

济南的三大名胜，名字都起得好：千佛山，趵突泉，大明湖，都多么响亮好听！一听到“大明湖”这三个字，便联想到春光明媚和湖光山色等等，而心中浮现出一幅美景来。事实上，可是，它既不大，又不明，也不湖。

湖中现在已不是一片清水，而是用坝划开的多少块“地”。“地”外留着几条沟，游艇沿沟而行，即是逛湖。

水田不需要多么深的水，所以水黑而不清；也不要急流，所以水定而无波。东一块莲，西一块蒲，土坝挡住了水，蒲苇又遮住了莲，一望无景，只见高高低低的“庄稼”。艇行沟内，如穿高粱地然，热气腾腾，碰巧了还臭气烘烘。夏天总算还好，假若水不太臭，多少总能闻到一些荷香，而且必能看到些绿叶儿。春天，则下有黑汤，旁有破烂的土坝；风又那么野，绿柳新蒲东倒西歪，恰似挣命。所以，它既不大，又不明，也不湖。

话虽如此，这个湖到底得算个名胜。湖之不大与不明，都因为湖已不湖。假若能把“地”都收回，拆开土坝，挖深了湖身，它当然可以马上既大且明起来：湖面原本不小，而济南又有的是清凉的泉水呀。这个，也许一时做不到。不过，即使做不到这一步，就现状而言，它还应当算作名胜。北方的城市，要找有这么一片水的，真是好不容易了。千佛山满可以不算数儿，配作个名胜与否简直没多大关系。因为山在北方不是什么难找的东西呀。水，可太难找了。济南城内据说有七十二泉，城外有河，可是还非有个湖不可。泉，池，河，湖，四者俱备，这才显出济南的特色与可贵。它是北方唯一的“水城”，这个湖是少不得的。设若我们游湖时，只见沟而不见湖，请到高处去看看吧，比如在千佛山上往北眺望，则见城北灰绿的一片——大明湖；城外，华鹊二山夹着弯弯的一道灰亮光儿——黄河。这才明白了济南的不凡，不但有水，而且是这样多呀。

况且，湖景若无可观，湖中的出产可是很名贵呀。懂得什么叫作“美”的人或者不如懂得什么好吃的人多吧，游过苏州的往往只记得此地的点心，逛过西湖的提起来便念叨那里的龙井茶、藕粉与莼菜什么的，吃到肚子里的也许比一过眼的美景更容易记住，那么大明湖的蒲菜、茭白、白花藕，还真许是它驰名天下的重要原因呢。不论怎么说吧，这些东西既都是水产，多少总带着些南国风味；在夏天，青菜挑子上带着一束束的大白莲花莒葖出卖，在北方大概只有济南能这么“阔气”。

我写过一本小说——《大明湖》——在“一·二八”与商务印书馆一同被火烧掉了。记得我描写过一段大明湖的秋景，词句全想不起来了，只记得是什么什么秋。桑子中先生给我画过一张油画，也画的是大明湖之秋，现在还在我的屋中挂着。我写的，他画的，都是大明湖，而且都是大明湖之秋，这里大概有点意思。对了，只是在秋天，大明湖才有些美呀。济南的四季，唯有秋天最好，晴暖无风，处处明朗。这时候，请到城墙上走走，俯视秋湖，败柳残荷，水平如镜；唯其是秋色，所以连那些残破的土坝也似乎正与一切景物配合：土坝上偶尔有一两截断藕，或一些黄叶的野蔓，配着三五枝芦花，确是有些画意。“庄稼”已都收了，湖显着大了许多，大了当然也就显着明。不仅是湖宽水净，显着明美，抬头向南看，半黄的千佛山就在面前，开元寺那边的“橛子”——大概是个塔吧——静静地立在山头上。往北看，城外的河水很清，菜畦中还生着短短的绿叶。往南往北，往东往西，看吧，处处空阔明朗，有山有湖，有城有河，到这时候，我们真得到个“明”字了。桑先生那张画便是在北城墙上画的，湖边只有几株秋柳，湖中只有一只游艇，水作灰蓝色，柳叶儿半黄。湖外，他画上了千佛山；湖光山色，联成一幅秋图，明朗，素净，柳梢上似乎吹着点不大能觉出来的微风。

对不起，题目是大明湖之春，我却说了大明湖之秋，可谁教亢德先生出错了题呢！

钓台的春昼

郁达夫

空旷的天空里，流涨着的只是些灰白的云，云层缺处，原也看得出半角的天，和一点两点的星，但看起来最饶风趣的。

因为近在咫尺，以为什么时候要去就可以去，我们对于本乡本土的名区胜景，反而往往没有机会去玩，或不容易下一个决心去玩的。正唯其是如此，我对于富春江上的严陵，二十年来，心里虽每在记着，但脚却没有向这一方面走过。一九三一，岁在辛未，暮春三月，春服未成，而中央党帝，似乎又想玩一个秦始皇所玩过的把戏了，我接到了警告，就仓皇离去了寓居。先在江浙附近的穷乡里，游息了几天，偶而看见了一家扫墓的行舟，乡愁一动，就定下了归计。绕了一个大弯，赶到故乡，却正好还在清明寒食的节前。和家人等去上了几处坟，与许久不曾见过面的亲戚朋友，来往热闹了几天，一种乡居的倦怠，忽而袭上心来了，于是乎我就决心上钓台访一访严子陵的幽居。

钓台去桐庐县城二十余里，桐庐去富阳县治九十里不足，自富阳溯江而上，坐小火轮三小时可达桐庐，再上则须坐帆船了。

我去的那一天，记得是阴晴欲雨的养花天，并且系坐晚班轮去的，船到桐庐，已经是灯火微明的黄昏时候了，不得已就只得在码头近边的一家旅馆的楼上借了一宵宿。

桐庐县城，大约有三里路长，三千多烟灶，一二万居民，地在富春江西北岸，从前是皖浙交通的要道，现在杭江铁路一开，似乎没有一二十年前的繁华热闹了。尤其要使旅客感到萧条的，却是桐君山脚下的那一队花船失去了踪影。说起桐君山，却是桐庐县的一个接近城市的灵山胜地，山虽不高，但因有仙，自然是灵了。以形势来论，这桐君山，也的确是可以产生出许多口音生硬、别具风韵的桐严嫂来的生龙活脉。地处在桐溪东岸，正当桐溪和富春江合流之所，依依一水，西岸便瞰视着桐庐县市的人家烟树。南面对江，便是十里长洲；唐诗人方干的故居，就在这十里桐洲九里花的花圈深处。向西越过桐庐县城，更遥遥对着一排高低不定的青峦，这就是富春山的山子山孙了。东北面山下，是一片桑麻沃地，有一条长蛇似的官道，隐而复现，出没盘曲在桃花杨柳洋槐榆树的中间。绕过一支小岭，便是富阳县的境界，大约去程明道的墓地“程坟”，总也不过一二十里地的间隔。我的去拜谒桐君，瞻仰道观，就在那一天到桐庐的晚上，是淡云微月，正在作雨的时候。

鱼梁渡头，因为夜渡无人，渡船停在东岸的桐君山下。我从旅馆踱了出来，先在离轮埠不远的渡口停立了几分钟。后来向一位来渡口洗夜饭米的年轻少妇，弓身请问了一回，才得到了渡江的秘诀。她说："你只须高喊两三声，船自会来的。"先谢了她教我的好意，然后以两手围成了播音的喇叭，"喂，喂，渡船请摇过来！"纵声一喊，果然在半江的黑影当中，船身摇动了。渐摇渐近，五分钟后。我在渡口，却终于听出了咿呀柔橹的声音。时间似乎已经入了酉时的下刻，小市里的群动，这时候都已经静息，自从渡口的那位少妇，在微茫的夜色里，藏去了她那张白团团的面影之后，我独立在江边，不知不觉心里头却兀自感到了一种他乡日暮的悲哀。渡船到岸，船头上起了几声微微的水浪清音，又铜东的一响，我早已跳上了船，渡船也已经掉过头来了。坐在黑影沉沉的舱里，我起先只在静听着柔橹划水的声音，然后却在黑影里看出了一星船家在吸着的长烟管头上的烟火，最后因为被沉默压迫不过，我只好开口说话了："船家！你这样的渡我过去，该给你几个船钱？"我问。"随你先生把几个就是。"船家的说话冗慢幽长，似乎已经带着些睡意了，我就向袋里摸出了两角钱来。"这两角钱，就算是我的渡船钱，请你候我一会，上山去烧一次夜香，我是依旧要渡过江来的。"船家的回答，只是恩恩乌乌，幽幽同牛叫似的一种鼻音，然而从继这鼻音而起的两三声轻快的咳声听来，他却似已经在感到满足了，因为我也知道，乡间的义渡，船钱最多也不过是两三枚铜子而已。

到了桐君山下，在山影和树影交掩着的崎岖道上，我上岸走不上几步，就被一块乱石绊倒，滑跌了一次。船家似乎也动了恻隐之心了，一句话也不发，跑将上来，他却突然交给了我一盒火柴。我于感谢了一番他的盛意之后，重整步武，再摸上山去，先是必须点一支火柴走三五步路的，但到得半山，路既就了规律，而微云堆里的半规月色，也朦胧地现出一痕银线来了，所以手里还存着的半盒火柴，就被我藏入了袋里。路是从山的西北，盘曲而上，渐走渐高，半山一到，天也开朗了一点，桐庐县市上的灯火，也星星可数了。更纵目向江心望去，富春江两岸的船上和桐溪合流口停泊着的船尾船头，也看得出一点一点的火来。走过半山，桐君观里的晚祷钟鼓，似乎还没有息尽，耳朵里仿佛听见了几丝木鱼钲钹的残声。走上山顶，先在半途遇着了一道道观外围的女墙，这女墙的栅门，却已经掩上了。在栅门外徘徊了一刻，觉得已经到了此门而不进去，终于是不能满足我这一次暗夜冒险的好奇怪癖的。所以细想了几次，还是决心进去，非进去不可，轻轻用手往里面一推，栅门却呀的一声，早已退向了后方开开了，这门原来是虚掩在那里的。进了栅门，踏着为淡月所映照的石砌平路，向东向南地前走了五六十步，居然走到了道观的大门之外，这两扇朱红漆的大门，不消说是紧闭在那里的。到了此地，我却不想再破门进去了，因为这大门是朝南向着大江开的，门外头是一条一丈来宽的石砌步道，步道的一旁是道观的墙，一旁便是山坡，靠山坡的一面，并且还有一道二尺来高的石墙筑在那里，大约是代替栏杆，防人倾跌下山去的用意，石墙之上，铺的是二三尺宽的青石，在这似石栏又似石凳的墙上，尽可以坐卧游息，饱看桐江和对岸的风景，就是在这里坐它一晚，也很可以，我又何必去打开门来，惊起那些老道的噩梦呢！

空旷的天空里，流涨着的只是些灰白的云，云层缺处，原也看得出半角的天，和一点两点的星，但看起来最饶风趣的，却仍是欲藏还露，将见仍无的那半规月影。这时候江面上似乎起了风，云脚的迁移，更来得迅速了。而低头向江心一看，几多散乱着的船里的灯光，也忽明忽灭地变换了一变换位置。

这道观大门外的景色，真神奇极了。我当十几年前，在放浪的游程里，曾向瓜州京口一带，消磨过不少的时日。那时觉得果然名不虚传的，确是甘露寺外的江山，而现在到了桐庐，昏夜上这桐君山来一看，又觉得这江山之秀而且静，风景的整而不散，却非那天下第一江山的北固山所可与比拟的了。真也难怪得严子陵，难怪得戴徵士，倘使我若能在这样的地方结屋读书，以养天年，那还要什么的高官厚禄，还要什么的浮名虚誉哩？一个人在这桐君观前的石凳上，看看山，看看水，看看城中的灯火和天上的星云，更做做浩无边际的无聊的幻梦。我竟忘记了时刻，忘记了自身，直等到隔江的击柝声传来，向西一看，忽而觉得城中的灯影微茫地减了，才跑也似的走下了山来，渡江奔回了客舍。

第二日清晨，觉得昨天在桐君观前做过的残梦正还没有续完的时候，窗外面忽而传来了一阵吹角的声音。好梦虽被打破，但因这同吹觱篥似的商音哀咽，却很含着些荒凉的古意，并且晓风残月，杨柳岸边，也正好候船待发，上严陵去；所以心里纵怀着了些儿怨恨，但脸上却只现出了一痕微笑，起来梳洗更衣，叫茶房去雇船去。雇好了一只双桨的渔舟，买就了些酒菜鱼米，就在旅馆前面的码头上上了船，轻轻向江心摇出去的时候，东方的云幕中间，已现出了几丝红晕，有八点多钟了。舟师急得厉害，只在埋怨旅馆的茶房，为什么昨晚上不预先告诉，好早一点出发。因为此去就是七里滩头，无风七里，有风七十里，上钓台去玩一趟回来，路程虽则有限，但这几日风雨无常，说不定要走夜路，才回来得了的。

过了桐庐，江心狭窄，浅滩果然多起来了。路上遇着的来往的行舟，数目也是很少，因为早晨吹的角，就是往建德去的快班船的信号，快班船一开，来往于两岸之间的船就不十分多了。两岸全是青青的山，中间是一条清浅的水，有时候过一个沙洲，洲上的桃花菜花，还有许多不晓得名字的白色的花，正在喧闹着春暮，吸引着蜂蝶。我在船头上一口一口地喝着严东关的药酒，指东话西地问着船家，这是什么山，那是什么港，惊叹了半天，称颂了半天，人也觉得倦了，不晓得什么时候，身子却走上了一家水边的酒楼，在和数年不见的几位已经做了党官的朋友高谈阔论。谈论之余，还背诵了一首两三年前曾在同一的情形之下做成的歪诗：

不是尊前爱惜身，佯狂难免假成真，
曾因酒醉鞭名马，生怕情多累美人。
劫数东南天作孽，鸡鸣风雨海扬尘，
悲歌痛哭终何补，义士纷纷说帝秦。

直到盛筵将散，我酒也不想再喝了，和几位朋友闹得心里各自难堪，连对旁边坐着的两位陪酒的名花都不愿意开口。正在这上下不得的苦闷关头，船家却大声地叫了起来说：

“先生，罗芷过了，钓台就在前面，你醒醒吧，好上山去烧饭吃去。”

擦擦眼睛，整了一整衣服，抬起头来一看，四面的水光山色又忽而变了样子了。清清的一条浅水，比前又窄了几分，四围的山包得格外的紧了，仿佛是前无去路的样子。并且山容峻削，看去觉得格外的瘦格外的高。向天上地下四围看看，只寂寂的看不见一个人类。双桨的摇响，到此似乎也不敢放肆了，钩的一声过后，要好半天才来一个幽幽的回响，静，静，静，身边水上，山下岩头，只沉浸着太古的静，死灭的静，山峡里连飞鸟的影子也看不见半只。前面的所谓钓台山上，只看得见两大个石垒，一间歪斜的亭子，许多纵横芜杂的草木。山腰里的那座祠堂，也只露着些废垣残瓦，屋上面连炊烟都没有一丝半缕，像是好久好久没有人住了的样子。并且天气又来得阴森，早晨曾经露脸过的太阳，这时候早已深藏在云堆里了，余下来的只是时有时无从侧面吹来的阴飕飕的半箭儿山风。船靠了山脚，跟着前面背着酒菜鱼米的船夫走上严先生祠堂的时候，我心里真有点害怕，怕在这荒山里要遇见一个干枯苍老的同丝瓜筋似的严先生的鬼魂。

在祠堂西院的客厅里坐定，和严先生的不知第几代的裔孙谈了几句关于年岁水旱的话后，我的心跳也渐渐镇静下去了，嘱托了他以煮饭烧菜的杂务，我和船家就从断碑乱石中间爬上了钓台。

东西两石垒，高各有二三百尺，离江面约两里来远，东西台相去只有一二百步，但其间却夹着一条深谷。立在东台，可以看得出罗芷的人家，回头展望来路，风景似乎散漫一点，而一上谢氏的西台，向西望去，则幽谷里的清景，却绝对的不像是在人间了。我虽则没有到过瑞士，但到了西台，朝西一看，立时就想起了曾在照片上看见过的威廉退儿的祠堂。这四山的幽静，这江水的青蓝，简直同在画片上的珂罗版色彩，一色也没有两样，所不同的就是在这儿的变化更多一点，周围的环境更芜杂不整齐一点而已，但这却是好处，这正是足以代表东方民族性的颓废荒凉的美。

从钓台下来，回到严先生的祠堂——记得这是洪杨以后严州知府戴槃重建的祠堂——西院里饱啖了一顿酒肉，我觉得有点酩酊微醉了。手拿着以火柴柄制成的牙签，走到东面供着严先生神像的龛前，向四面的破壁上一看，翠墨淋漓，题在那里的，竟多是些俗而不雅的过路高官的手笔。最后到了南面的一块白墙头上，在离屋檐不远的一角高处，却看到了我们的一位新近去世的同乡夏灵峰先生的四句似邵尧夫而又略带感慨的诗句。夏灵峰先生虽则只知崇古，不善处今，但是五十年来，像他那样的顽固自尊的亡清遗老，也的确是没有第二个人。比较起现在的那些官迷的南满尚书和东洋宦婢来，他的经术言行，姑且不必去论它，就是以骨头来称称，我想也要比什么罗三郎郑太郎辈，重到好几百倍。慕贤的心一动，熏人臭技自然是难熬了，堆起了几张桌椅，借得了一支破笔，我也向高墙上在夏灵峰先生的脚后放上了一个陈屁，就是在船舱的梦里，也曾微吟过的那一首歪诗。

从墙头上跳将下来，又向龛前天井去走了一圈，觉得酒后的干喉，有点渴痒了，所以就又走回到了西院，静坐着喝了两碗清茶。在这四大无声，只听见我自己的啾啾喝水的舌音冲击到那座破院的败壁上去的寂静中间，同惊雷似的一响，院后的竹园里却忽而飞出了一声闲长而又有节奏似的鸡啼的声来。同时在门外面歇着的船家，也走进了院门，高声地对我说：

“先生，我们回去吧，已经是吃点心的时候了，你不听见那只鸡在后山啼么？我们回去吧！”

总有那一片蛙声

古清生

南国的春宵里那天真烂漫的蛙鸣，初是浅浅低低的几声，孤独而悠远，渐渐地汇合起蛙的合唱，且愈来愈临近我的窗，仿佛就在那一簇柳下。

在南国的时候，我的窗前有那么一块低洼的草地，春天的日子来临，它便会生长许多的小草，甚至开出一些小小的花朵，招引一些蜜蜂在那里抖着金翅嗡嗡地飞。许多小孩子们，很喜欢在那块草地上采花或者玩一些他们认为好玩的游戏。这样的日子总是很温馨的，因为阳光、花草和小孩子们，足以把春天装点得美丽而又亲切，让人忍不住掩卷，心驰神往。但是在五月的时节，就会有一场场的雨水降临，雨水把草地旁的冬青树洗得很绿，那种很清凉的绿，并且注满整个的草地。于是孩子们用纸折起小小的洁白的纸船，来到草地那片水洼子上，启航他们的小小的梦想。

唯有月夜，那块草地是完全属于我的。这时候夜安睡了，一轮皎洁的月儿来到水洼子上，映得那水好一片白。在白水之上，忽然有不知来于何处的小蛙，欢快地跌跌地跳跃，仿佛是要把那一轮月儿从水中端详个究竟，或者坐在月儿之上，让月儿浮托它走。小蛙们如同孩子，待它们游戏得尽情的时候，就一齐坐在水上唱歌。那就是在我的生命中离不去的蛙声了。惯于在夜里读书和写作的我，就极爱着那一扇窗，起起伏伏的蛙声，能让我的思绪飘浮，进入这样一个季节深处。

但我却没有了南国的那一扇窗子，羁旅北京的日子长长，我的窗前，纵是也有这样一块草地，一簇绿柳，在春天的阳光里，还会有一树杏花装点。但是北国没有雨季，我看不到小孩子们折纸船的情景。北京是要到七月或者八月才会有雨，那是槐花开放的时节了。北京的雨会与槐花下了一街，一街的槐花雨把整个日子都流淌得芬芬芳芳，但即是这样的雨，仍不会积上一洼水，引来天使一般的小蛙，所以即使雨后有月，她也在这芬芳里找不到栖落和梳洗的地方。

我固执地想，如是北京的槐花雨能够积成一个洼子，这样一个清浅的弥漫着槐花芬芳的水洼子，有一轮皎月把水映得银银的白，有一群天使般的小蛙，它们围着月儿唱歌，那该是多么的好啊。我常常在雨后的北京的夜里出走，我以为我是能够找到这样一个地方的，它就在某一扇窗下，甚至那窗前也有一个痴情展卷的学子，甚至水边，还留着孩童戏水的赤足的脚印。可是，我的出走，却并没有找到这样一个地方，我想终归是有这样一个地方的，是我没有找见它罢了。

居京的月夜，于我它是散文化的时光，我在键盘上演绎着一个个的梦，情至深处，会忽然在某一段落，浮起一片蛙声，是南国的春宵里那天真烂漫的蛙鸣，初是浅浅低低的几声，孤独而悠远，渐渐地汇合起蛙的合唱，且愈来愈临近我的窗，仿佛就在那一簇柳下。此时人便恍惚地进入以往的时光，一颗羁旅中的心，忽然的一热，为之深深感动。但待我有心凝神细细地聆听，却发现窗外是一片寂静，静得月的清辉飘落到柳叶儿上发生的细小的沙沙声都能够听到，只是没有了蛙声。哦，此时的我，这才感到深深的失落，原来那一片蛙声，它源于我的梦里，或者说，是那永远也拂不去的幻听了。

春天的今夜，便又是这样，我打开了电脑，轻轻地敲出一段怀想的文字，不觉间窗外就有了一片蛙声，是如许的亲切，如许的温馨，它拂动着春夜的暖风，沿了情感的脉络缕缕入心。然我猛然地觉醒，却分明是，寂夜无边！人不由得发现，那暖暖的一缕情思，竟也就化成两滴浸冷的泪珠，冰凌般地挂在两腮。

听听那冷雨

余光中

听听，那冷雨。看看，那冷雨。嗅嗅闻闻，那冷雨，舔舔吧，那冷雨。

惊蛰一过，春寒加剧。先是料料峭峭，继而雨季开始，时而淋淋漓漓，时而淅淅沥沥，天潮潮地湿湿，即连在梦里，也似乎有把伞撑着。而就凭一把伞，躲过一阵潇潇的冷雨，也躲不过整个雨季。连思想也都是潮润润的。每天回家，曲折穿过金门街到厦门街迷宫式的长巷短巷，雨里风里，走入霏霏令人更想入非非。想这样子的台北凄凄切切完全是黑白片的味道，想整个中国整部中国的历史无非是一张黑白片子，片头到片尾，一直是这样下着雨的。这种感觉，不知道是不是从安东尼奥尼那里来的。不过那一块土地是久违了，二十五年，四分之一的世纪，即使有雨，也隔着千山万山，千伞万伞。二十五年，一切都断了，只有气候，只有气象报告还牵连在一起，大寒流从那块土地上弥天卷来，这种酷冷吾与古大陆分担。不能扑进她怀里，被她的裾边扫一扫也算是安慰孺慕之情吧。

这样想时，严寒里竟有一点温暖的感觉了。这样想时，他希望这些狭长的巷子永远延伸下去，他的思路也可以延伸下去，不是金门街到厦门街，而是金门到厦门。他是厦门人，至少是广义的厦门人，二十年来，不住在厦门，住在厦门街，算是嘲弄吧，也算是安慰。不过说到广义，他同样也是广义的江南人，常州人，南京人，川娃儿，五陵少年。杏花春雨江南，那是他的少年时代了。再过半个月就是清明。安东尼奥尼的镜头摇过去，摇过去又摇过来。残山剩水犹如是，皇天后土犹如是。纭纭黔首、纷纷黎民从北到南犹如是。那里面是中国吗？那里面当然还是中国，永远是中国。只是杏花春雨已不再，牧童遥指已不再，剑门细雨渭城轻尘也都已不再。然则他日思夜梦的那片土地，究竟在哪里呢？

在报纸的头条标题里吗？还是香港的谣言里？还是傅聪的黑键白键马思聪的跳弓拨弦？还是安东尼奥尼的镜底勒马洲的望中？还是呢，故宫博物院的壁头和玻璃柜内，京戏的锣鼓声中，太白和东坡的韵里？

杏花，春雨，江南。六个方块字，或许那片土就在那里面。而无论赤县也好神州也好中国也好，变来变去，只要仓颉的灵感不灭，美丽的中文不老，那形象那磁石一般的向心力必然长在。因为一个方块字是一个天地。太初有字，于是汉族的心灵，他祖先的回忆和希望便有了寄托。譬如凭空写一个“雨”字，点点滴滴，滂滂沱沱，淅淅沥沥，一切云情雨意，就宛然其中了。视觉上的这种美感，岂是什么rain也好pluie也好所能满足？翻开一部《辞源》或《辞海》，金木水火土，各成世界，而一入“雨”部，古神州的天颜千变万化，便悉在望中，美丽的霜雪云霞，骇人的雷电霹雹，展露的无非是神的好脾气与坏脾气，气象台百读不厌门外汉百思不解的百科全书。

听听，那冷雨。看看，那冷雨。嗅嗅闻闻，那冷雨，舔舔吧，那冷雨。雨在他的伞上，这城市百万人的伞上雨衣上屋上天线上，雨下在基隆港在防波堤海峡的船上，清明这季雨。雨是女性，应该最富于感性。雨气空濛而迷幻，细细嗅嗅，清清爽爽新新，有一点点薄荷的香味，浓的时候，竟发出草和树沐发后特有的淡淡土腥气，也许那竟是蚯蚓的蜗牛的腥气吧，毕竟是惊蛰了啊。也许地上的地下的生命，也许古中国层层叠叠的记忆皆蠢蠢而蠕，也许是植物的潜意识和梦吧，那腥气。

第三次去美国，在高高的丹佛他山居住了两年。美国的西部，多山多沙漠，千里干旱，天，蓝似安格罗·萨克逊人的眼睛，地，红如印第安人的肌肤，云，却是罕见的白鸟，落基山簇簇耀目的雪峰上，很少飘云牵雾。一来高，二来干，三来森林线以上，杉柏也止步，中国诗词里“荡胸生层云”或是“商略黄昏雨”的意趣，是落基山上难睹的景象。落基山岭之胜，在石，在雪。那些奇岩怪石，相叠互倚，砌一场惊心动魄的雕塑展览，给太阳和千里的风看。那雪，白得虚虚幻幻，冷得清清醒醒，那股皑皑不绝一仰难尽的气势，压得人呼吸困难，心寒眸酸。不过要领略“白云回望合，青霭入看无”的境界，仍须来中国。台湾湿度很高，最饶云气氤氲雨意迷离的情调。两度夜宿溪头，树香沁鼻，宵寒袭肘，枕着润碧湿翠苍苍交叠的山影和万籁都歇的岑寂，仙人一样睡去。山中一夜饱雨，次晨醒来，在旭日未升的原始幽静中，冲着隔夜的寒气，踏着满地的断柯折枝和仍在流泻的细股雨水，一径探入森林的秘密，曲曲弯弯，步上山去。溪头的山，树密雾浓，蓊郁的水汽从谷底冉冉升起，时稠时稀，蒸腾多姿，幻化无定，只能从雾破云开的空处，窥见乍现即隐的一峰半壑，要纵览全貌，几乎是不可能的。至少入山两次，只能在白茫茫里和溪头诸峰玩捉迷藏的游戏。回到台北，世人问起，除了笑而不答心自闲，故作神秘之外，实际的印象，也无非山在虚无之间罢了。云缭烟绕，山隐水迢的中国风景，由来予宋人画的韵味。那天下也许是赵家的天下，那山水却是米家的山水。而究竟，是米氏父子下笔像中国的山水，还是中国的山水上纸像宋画，恐怕是谁也说不清楚了吧？

雨不但可嗅，可观，更可以听。听听那冷雨。听雨，只要不是石破天惊的台风暴雨，在听觉上总是一种美感。大陆上的秋天，无论是疏雨滴梧桐，或是骤雨打荷叶，听去总有一点凄凉，凄清，凄楚，于今在岛上回味，则在凄楚之外，再笼上一层凄迷了，饶你多少豪情侠气，怕也经不起三番五次的风吹雨打。一打少年听雨，红烛昏沉。再打中年听雨，客舟中江阔云低。三打白头听雨的僧庐下，这更是亡宋之痛，一颗敏感心灵的一生：楼上，江上，庙里，用冷冷的雨珠子串成。十年前，他曾在一场摧心折骨的鬼雨中迷失了自己。雨，该是一滴湿漓漓的灵魂，窗外在喊谁。

雨打在树上和瓦上，韵律都清脆可听。尤其是铿铿敲在屋瓦上，那古老的音乐，属于中国。王禹偁在黄仞冈，破如椽的大竹为屋瓦。据说住在竹楼上面，急雨声如瀑布，密雪声比碎玉，而无论鼓琴，咏诗，下棋，投壶，共鸣的效果都特别好。这样岂不像住在竹筒里面，任何细脆的声响，怕都会加倍夸大，反而令人耳朵过敏吧。

雨天的屋瓦，浮漾湿湿的流光，灰而温柔，迎光则微明，背光则幽黯，对于视觉，是一种低沉的安慰。至于雨敲在鳞鳞千瓣的瓦上，由远而近，轻轻重重轻轻，夹着一股股的细流沿瓦漕与屋檐潺潺泻下，各种敲击音与滑音密织成网，谁的千指百指在按摩耳轮。“下雨了。”温柔的灰美人来了，她冰冰的纤手在屋顶拂弄着无数的黑键啊灰键，把晌午一下子奏成了黄昏。

在古老的大陆上，千屋万户是如此。二十多年前，初来这岛上，日式的瓦屋亦是如此。先是天暗了下来，城市像罩在一块巨幅的毛玻璃里，阴影在户内延长复加深。然后凉凉的水意弥漫在空间，风自每一个角落里旋起，感觉得到，每一个屋顶上呼吸沉重都覆着灰云。雨来了，最轻的敲打乐敲打这城市。苍茫的屋顶，远远近近，一张张敲过去，古老的琴，那细细密密的节奏，单调里自有一种柔婉与亲切，滴滴点点滴滴，似幻似真，若孩时在摇篮里，一曲耳熟的童谣摇摇欲睡，母亲吟哦鼻音与喉音。或是在江南的泽国水乡，一大筐绿油油的桑叶被啮于千百头蚕，细细琐琐屑屑，口器与口器咀咀嚼嚼。雨来了，雨来的时候瓦这么说，一片瓦说千亿片瓦说，说轻轻地奏吧沉沉地弹，徐徐地叩吧挞挞地打，间间歇歇敲一个雨季，即兴演奏从惊蛰到清明，在零落的坟上冷冷奏挽歌，一片瓦吟千亿片瓦吟。

在日式的古屋里听雨，听四月，霏霏不绝的黄梅雨，朝夕不断，旬月绵延，湿黏黏的苔藓从石阶下一直侵到他舌底，心底。到七月，听台风台雨在古屋顶上一夜盲奏，千噚海底的热浪沸沸被狂风挟来，掀翻整个太平洋只为向他的矮屋檐重重压下，整个海在他的蜗壳上哗哗泻过。不然便是雷雨夜，白烟一般的纱帐里听羯鼓一通又一通，滔天的暴雨滂滂沛沛扑来，强

寒日萧萧上琐窗，梧桐应恨夜来霜。

酒阑更喜团茶苦，梦断偏宜瑞脑香。

宋 李清照

休把闲心随物态，何事，酒生微晕沁瑶肌。

诗老不知梅格在，吟咏，更看绿叶与青枝。

宋 苏轼

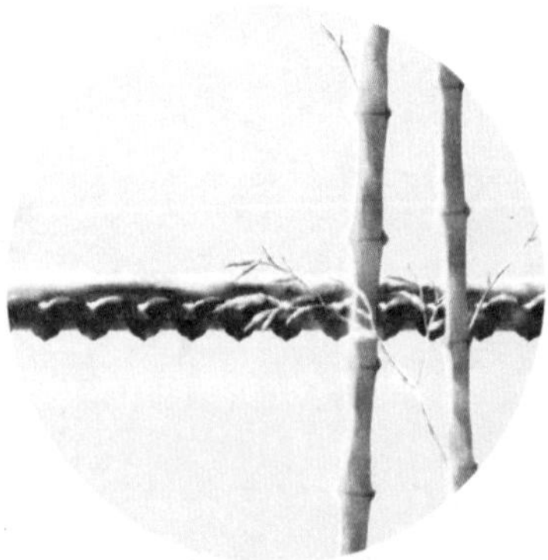

好睡慵开莫厌迟。自怜冰脸不时宜。
偶作小红桃杏色，闲雅，尚馀孤瘦雪霜姿。

劲的电琵琶忐忐忑忑忐忐忑忑，弹动屋瓦的惊悸腾腾欲掀起。不然便是斜斜的西北雨斜斜，刷在窗玻璃上，鞭在墙上打在阔大的芭蕉叶上，一阵寒濑泻过，秋意便弥漫日式的庭院了。

在日式的古屋里听雨，春雨绵绵听到秋雨潇潇，从少年听到中年，听听那冷雨。雨是一种单调而耐听的音乐是室内乐是室外乐，户内听听，户外听听，冷冷，那音乐。雨是一种回忆的音乐，听听那冷雨，回忆江南的雨下得满地是江湖，下在桥上和船上，也下在四川在秧田和蛙塘，下肥了嘉陵江，下湿布谷咕咕的啼声，雨是潮潮润润的音乐下在渴望的唇上，舐舐那冷雨。

因为雨是最最原始的敲打乐，从记忆的彼端敲起。瓦是最最低沉的乐器，灰蒙蒙的温柔覆盖着听雨的人，瓦是音乐的雨伞撑起。但不久公寓的时代来临，台北你怎么一下子长高了，瓦的音乐竟成了绝响。千片万片的瓦翩翩，美丽的灰蝴蝶纷纷飞走，飞入历史的记忆。现在雨下下来下在水泥的屋顶和墙上，没有音韵的雨季。树也砍光了，那月桂，那枫树，柳树和擎天的巨椰，雨来的时候不再有丛叶嘈嘈切切，闪动湿湿的绿光迎接。鸟声减了啾啾，蛙声沉了咯咯，秋天的虫吟也减了唧唧。七十年代的台北不需要这些，一个乐队接一个乐队便遣散尽了。要听鸡叫，只有去《诗经》的韵里找。现在只剩下一张黑白片，黑白的默片。

正如马车的时代去后，三轮车的时代也去了。曾经在雨夜，三轮车的油布篷挂起，送她回家的途中，篷里的世界小得多可爱，而且躲在警察的辖区以外，雨衣的口袋越大越好，盛得下他的一只手里握一只纤纤的手。台湾的雨季这么长，该有人发明一种宽宽的双人雨衣，一人分穿一只袖子，此外的部分就不必分得太苛。而无论工业如何发达，一时似乎还废不了雨伞。只要雨不倾盆，风不横吹，撑一把伞在雨中仍不失古典的韵味。任雨点敲在黑布伞或是透明的塑胶伞上，将骨柄一旋，雨珠向四方喷溅，伞缘便旋成了一圈飞檐。跟女友共一把雨伞，该是一种美丽的合作吧。最好是初恋，有点兴奋，更有点不好意思，若即若离之间，雨不妨下大一点。真正初恋，恐怕是兴奋得不需要伞的，手牵手在雨中狂奔而去，把年轻的长发和肌肤交给漫天的淋淋漓漓，然后在对方的唇上颊上尝凉凉甜甜的雨水。不过那要非常年轻且激情，同时，也只能发生在法国的新潮片里吧。

大多数的雨伞想不会为约会张开。上班下班，上学放学，菜市来回的途中。现实的伞，灰色的星期三。握着雨伞，他听那冷雨打在伞上。索性更冷一些就好了，他想。索性把湿湿的灰雨冻成干干爽爽的白雨，六角形的结晶体在无风的空中回回旋旋地降下来。等须眉和肩头白尽时，伸手一拂就落了。二十五年，没有受故乡白雨的祝福，或许发上下一点白霜是一种变相的自我补偿吧。一位英雄，经得起多少次雨季？他的额头是水成岩削成，还是火成岩？他的心底究竟有多厚的苔藓？厦门街的雨巷走了二十年与记忆等长，一座无瓦的公寓在巷底等他，一盏灯在楼上的雨窗子里，等他回去，向晚餐后的沉思冥想去整理青苔深深的记忆。

前尘隔海。古屋不再。听听那冷雨。

燕居夏亦佳

张恨水

买几大枚酸梅，五分钱白糖，煮上一大壶酸梅汤，向冰箱里一镇，到了两三点钟，取出汤来，一个人一碗，全家喝他一个「透心儿凉」。

到了阳历七月，在重庆真有流火之感。现在虽已踏进了八月，秋老虎虎视眈眈，说话就来，真有点谈热色变，咱们一回想到了北平，那就觉得当年久住在那儿，是人在福中不知福。不用说逛三海上公园，那里简直没有夏天。就说你在府上吧，大四合院里，槐树碧油油的，在屋顶上撑着一把大凉伞儿，那就够清凉。不必高攀，就凭咱们拿笔杆儿的朋友，院子里也少不了石榴盆景金鱼缸。这日子石榴结着酒杯那么大，盆里荷叶伸出来两三尺高，撑着盆大的绿叶儿，四围配上大小七八盆草木花儿，什么颜色都有，统共不会要你花上两元钱，院子里白粉墙下，就很有个意思。你若是摆得久了，卖花儿的，逐日会到胡同里来吆唤，换上一批就得啦。小书房门口，垂上一副竹帘儿，窗户上糊着五六枚一尺的冷布，既透风，屋子里可飞不进来一只苍蝇。花上这么两毛钱，买上两三把玉簪花红白晚香玉，向书桌上花瓶子一插，足香个两三天。屋夹角里，放上一只绿漆的洋铁冰箱，连红漆木架在内，只花两三元钱。每月再花一元五角钱，每日有送天然冰的，搬着四五斤重一块的大冰块，带了北冰洋的寒气，送进这冰箱。若是爱吃水果的朋友，花一二毛钱，把虎拉车（苹果之一种，小的）大花红，脆甜瓜之类，放在冰箱里镇一镇，什么时候吃，什么时候拿出来，又凉又脆又甜。再不然，买几大枚酸梅，五分钱白糖，煮上一大壶酸梅汤，向冰箱里一镇，到了两三点钟，槐树上知了儿叫得正酣，不用午睡啦，取出汤来，一个人一碗，全家喝他一个“透心儿凉”。

北平这儿，一夏也不过有七八天热上华氏九十度。其余的日子，屋子里平均总是华氏八十来度，早晚不用说，只有华氏七十来度。碰巧下上一阵黄昏雨，晚半晌睡觉，就非盖被不成。所以耍笔杆儿的朋友，在绿阴阴的纱窗下，鼻子里嗅着瓶花香，除了正午，大可穿件小汗衫儿，从容工作。若是喜欢夜生活的朋友，更好，电灯下，晚香玉更香。写得倦了，恰好胡同深处唱曲儿的，奏着胡琴弦子鼓板，悠悠而去。掀帘出望，残月疏星，风露满天，你还会缺少“烟士披里纯”吗？

夏之绝句

简媜

蝉声把我的心扎捆得紧紧的，突然在毫无警告的情况下松了绑。于是我的一颗心就毫无准备地散了开来，如奋力跃向天空的浪头，不小心跌向沙滩！

春天，像一篇巨制的骈俪文；而夏天，像一首绝句。

已有许久，未曾去关心蝉声。耳朵忙着听车声，听综艺节目的敲打声，听售票小姐不耐烦的声音，听朋友的附在耳朵旁，低低哑哑的秘密声……应该找一条清澈洁净的河水洗洗我的耳朵，因为我听不见蝉声。

于是，夏天什么时候跨了门槛进来我并不知道。直到那天上文学史课的时候，突然四面楚歌、鸣金击鼓一般，所有的蝉都同时叫了起来，把我吓了一跳。我提笔的手势搁浅在空中，无法评点眼前这看不见、摸不到的一卷声音！多惊讶！把我整个心思都吸了过去，就像铁沙冲向磁铁那样。但当我屏气凝神正听得起劲的时候，又突然，不约而同地全都住了嘴，这蝉，又吓我一跳！就像一条绳子，蝉声把我的心扎捆得紧紧的，突然在毫无警告的情况下松了绑。于是我的一颗心就毫无准备地散了开来，如奋力跃向天空的浪头，不小心跌向沙滩！

夏天什么时候跨了门槛进来我竟不知道！

是一扇有树叶的窗，圆圆扁扁的小叶子像门帘上的花鸟画，当然更活泼些。风一泼过来，它们就“刷”的一声晃荡起来，我似乎还听见嘻嘻哈哈的笑声，多像一群小玩童在比赛荡秋千！风是幕后工作者，负责把它们推向天空，而蝉是啦啦队，在枝头努力叫闹。没有裁判。

我不禁想起童年，我的小童年。因为这些愉快的音符太像一卷录音带，让我把童年的声音又一一捡回来。

首先捡的是蝉声。

那时，最兴奋的事不是听蝉而是捉蝉。小孩子总喜欢把令他好奇的东西都一一放在手掌中赏玩一番，我也不例外。念小学的时候，上课分上下午班，这是一二年级的小朋友才有的优待，可见我那时还小。上学时有四条路可以走，其中一条沿着河，岸边高树浓荫，常常遮掉半个天空。虽然附近也有田园农舍，可是人迹罕至，对我们而言，真是又远又幽深，让人觉得怕怕的。然而，一星期总有好多趟，是从那儿经过的，尤其是夏天。轮到下午班的时候，我们总会呼朋引伴地一起走那条路，没有别的目的，只为了蝉。

你能想象一群小学生，穿卡其短裤，戴着黄色小帽子，或吊带褶裙，乖乖地把“碗公帽”的松紧带贴在脸沿的一群小男生小女生，书包搁在路边，也不怕掉到河里，也不怕钩破衣服，更不怕破皮流血，就一脚上一脚下地直往树的怀里钻的那副猛劲吗？只因为树上有蝉。蝉声是一阵袭人的浪，不小心掉进小孩子的心湖，于是湖心抛出千万圈涟漪如千万条绳子，要逮捕那长阵浪。“抓到了！抓到了！”有人在树上喊。下面有人赶快打开火柴盒把蝉关了进去。不敢多看一眼，怕它飞走了！那种紧张就像天方夜谭里，那个渔夫用计把巨魔骗进古坛之后，赶忙封好符咒不敢去碰它一般。可是，那轻纱般的薄翼却已在小孩们的两颗太阳中，留下了一季的闪耀。

到了教室，大家互相炫耀铅笔盒里的小动物——蝉、天牛、金龟子。有的用蝉换天牛，有的用金龟子换蝉。大家互相交换也互相赠送，有的扦几片叶子，喂他铅笔盒或火柴盒里的小宝贝。那时候打开铅笔盒就像开保险柜一般小心，心里痒痒的时候，也只敢凑一双眼睛开一个小缝去瞄几眼。上课的时候，老师在前面呱啦呱啦地讲，我们两眼瞪着前面，两只手却在抽屉里翻玩着“聚宝盒”，耳朵专心地听着金龟子在笔盒里拍翅的声音，愈听愈心花怒放，禁不住开个缝，把指头伸进去按一按金龟子，叫它安静些，或是摸一摸敛着翅膀的蝉，也拉一拉天牛的一对长角，看是不是又多长一节？不过，偶尔不小心，会被天牛咬了一口，它大概颇不喜欢那长长扁扁被戳得满是小洞的铅笔盒吧！

整个夏季，我们都兴高采烈地强迫蝉从枝头搬家到铅笔盒来，但是铅笔盒却从来不会变成音乐盒，蝉依旧在河边高高的树上叫。整个夏季，蝉声又没少了中音或低音，依旧是完美无缺的和音。

夏乃声音的季节，有雨打，有雷声，蛙声，鸟鸣及蝉唱。蝉声足以代表夏，故夏天像一首绝句。

绝句该吟该诵，或添几个衬字歌唱一番。蝉是大自然的一队合唱团；以优美的音色，明朗的节律，吟诵着一首绝句。这绝句不在唐诗选，不在宋词集，不是王维的也不是李白的，是蝉对季节的感触，是它们对仲夏有共同的情感，而写成的一首抒情诗。诗中自有其生命情调，有点近乎自然诗派的朴质，又有些旷远飘逸，更多的时候，尤其当它们胸臆之中，似乎有许多豪情悲壮的故事要讲。也许，是一首抒情的边塞诗。

晨间听蝉，想其高洁。蝉该是有翅族中的隐士吧！高踞树梢，餐风饮露，不食人间烟火。那蝉声在晨光朦胧之中分外轻逸，似远似近，又似有似无。一段蝉唱之后，自己的心灵也跟着透明澄净起来，有一种“何处惹尘埃”的了悟。蝉亦是禅。

午后也有蝉，但喧嚣了点。像一群吟游诗人，不期然地相遇在树荫下，闲散地歇它们的脚。拉拉杂杂地，他们谈天探询、问候季节，倒没有人想作诗，于是声浪阵阵，缺乏韵律也没有押韵。他们也交换流浪的方向，但并不热心，因为“流浪”其实并没有方向。

我喜欢在黄昏一面听蝉一面散步。走进蝉声的世界里，正如欣赏一场音乐演唱会一般，如果懂得去听的话。有时候我们抱怨世界愈来愈丑了，现代文明的噪音太多了；其实在一摊浊流之中，何尝没有一潭清泉？在机器声交织的音图里，也有所谓的“天籁”。我们只是太忙罢了，忙得与美的事物擦身而过都不知不觉。也太专注于自己，生活的镜头只摄取自我喜怒哀乐的大特写，其他种种，都是一派模糊的背景。如果能退后一步看看四周，也许我们会发觉整个图案都变了。变的不是图案本身，而是我们的视野。所以，偶尔放慢脚步，让眼眸以最大的可能性把天地随意浏览一番，我们将恍然大悟；世界还是时时在装扮着自己的，而有什么比一面散步一面听蝉更让人心旷神怡？听听亲朋好友的倾诉，这是我们常有的经验。聆听万物的倾诉，对我们而言，亦非难事，不是吗？

聆听，也是艺术。大自然的宽阔是最佳的设备。想象那一队一队的雄蝉敛翅踞在不同的树梢端，像交响乐团的团员各自站在舞台上一般。只要有只蝉起个音，接着声音就纷纷出了笼，它们各以最美的音色献给你，字字都是真心话，句句来自丹田。它们有鲜明的节奏感，不同的韵律表示不同的心情。它们有时合唱有时齐唱，也有独唱，包括和音，高低分明。它们不需要指挥也无须歌谱，它们是天生的歌者。歌声如行云如流水，让人了却忧虑，悠游其中。又如澎涛又如骇浪，拍打着你心底沉淀的情绪，顷刻间，你便觉得那蝉声宛如狂浪淘沙般地攫走了你紧紧扯在手里的轻愁。蝉声亦有甜美温柔如夜的语言的时候，那该是情歌吧！总是一句三叠，像那倾吐不尽的缠绵。而蝉声的急促，在关注的音符处突地戛然而止，更像一篇锦绣文章被猛然撕裂，散落一地的铿锵字句，掷地如金石声，而后寂寂寥寥成了断简残编，徒留给人一些怅惘，一些感伤。何尝不是生命之歌？

囚绿记

陆蠡

我以揠苗助长的心情，巴不得它长得快，长得茂绿。下雨的时候，我爱它淅沥的声音，婆娑的摆舞。

这是去年夏间的事情。

我住在北平的一家公寓里。我占据着高广不过一丈的小房间，砖铺的潮湿的地面，纸糊的墙壁和天花板，两扇木格子嵌玻璃的窗，窗上有很灵巧的纸卷帘，这在南方是少见的。

窗是朝东的。北方的夏季天亮得快，早晨五点钟左右太阳便照进我的小屋，把可畏的光线射个满室，直到十一点半才退出，令人感到炎热。这公寓里还有几间空房子，我原有选择是自由的，但我终于选定了这朝东房间，我怀着喜悦而满足的心情占有它，那是有一个小小理由。

这房间靠南的墙壁上，有一个小圆窗，直径一尺左右。窗是圆的，却嵌着一块六角形的玻璃，并且在下角是打碎了，留下一个大孔隙，手可以随意伸进伸出。圆窗外面长着常春藤。当太阳照过它繁密的枝叶，透到我房里来的时候，便有一片绿影。我便是欢喜这片绿影才选定这房间的。当公寓里的伙计替我提了随身小提箱，领我到这房间来的时候，我瞥见这绿影，感觉到一种喜悦，便毫不犹疑地决定下来，这样了截爽直使公寓里伙计都惊奇了。

绿色是多宝贵的啊！它是生命，它是希望，它是慰安，它是快乐。我怀念着绿色把我的心等焦了。我欢喜看水白，我欢喜看草绿。我疲累于灰暗的都市的天空，和黄漠的平原，我怀念着绿色，如同涸泽的鱼盼等着雨水！我急不暇择的心情即使一枝之绿也视同至宝。当我在这小房中安顿下来，我移徙小台子到圆窗下，让我的面朝墙壁和小窗。门虽是常开着，可没人来打扰我，因为在这古城中我是孤独而陌生。但我并不感到孤独。我忘记了困倦的旅程和已往的许多不快的记忆。我望着这小圆洞，绿叶和我对语。我了解自然无声的语言，正如它了解我的语言一样。

我快活地坐在我的窗前。度过了一个月，两个月，我留恋于这片绿色。我开始了解度越沙漠者望见绿洲的欢喜，我开始了解航海的冒险家望见海面漂来花草的茎叶的欢喜。人是在自然中生长的，绿是自然的颜色。

我天天望着窗口常春藤的生长。看它怎样伸开柔软的卷须，攀住一根缘引它的绳索，或一茎枯枝，看它怎样舒开折叠着的嫩叶，渐渐变青，渐渐变老，我细细观赏它纤细的脉络，嫩芽，我以揠苗助长的心情，巴不得它长得快，长得茂绿。下雨的时候，我爱它淅沥的声音，婆娑的摆舞。

忽然有一种自私的念头触动了我。我从破碎的窗口伸出手去，把两枝浆液丰富的柔条牵进我的屋子里来，教它伸长到我的书案上，让绿色和我更接近，更亲密。我拿绿色来装饰我这简陋的房间，装饰我过于抑郁的心情。我要借绿色来比喻葱茏的爱和幸福，我要借绿色来比喻猗郁的年华。我囚住绿色如同幽囚一只小鸟，要它为我作无声的歌唱。

绿的枝条悬垂在我的案前了，它依旧伸长，依旧攀缘，依旧舒放，并且比在外边长得更快。我好像发现了一种“生的欢喜”，超过了任何种的喜悦。从前我有个时候，住在乡间的一所草屋里，地面是新铺的泥土，未除净的草根在我的床下茁出嫩绿的一芽苗，蕈菌在地角上生长，我不忍加以剪除。后来一个友人一边说一边笑，替我拔去这些野草，我心里还引为可惜，倒怪他多事似的。

可是每天在早晨，我起来观看这被幽的“绿友”时，它的尖端总朝着窗外的方向。甚至于一枚细叶，一茎卷须，都朝原来的方向。植物是多固执啊！它不了解我对它的爱抚，我对它的善意。我为了这永远向着阳光生长的植物不快，因为它损害了我的自尊心。可是我系住它，仍旧让柔弱的枝叶垂在我的案前。

它渐渐失去了青苍的颜色，变成柔绿，变成嫩黄，枝条变成细瘦，变成娇弱，好像病了的孩子。我渐渐不能原谅我自己的过失，把天空底下的植物移锁到暗黑的室内；我渐渐为这病损的枝叶可怜，虽则我恼怒它的固执，无亲热，我仍旧不放走它。魔念在我心中生长了。

我原是打算七月尾就回南去的。我计算着我的归期，计算这“绿友”出牢的日子。在我离开的时候，便是它恢复自由的时候。

卢沟桥事件发生了。担心我的朋友电催我赶速南归。我不得不变更我的计划，在七月中旬，不能再流连于烽烟四逼中的旧都，火车已经断了数天，我每日须得留心开车的消息。终于在一天早晨候到了。临行时我珍重地开释了这永不屈服于黑暗的囚人。我把瘦黄的枝叶放在原来的位置上，向它致诚意的祝福，愿它繁茂苍绿。

离开北平一年了。我怀念着我的圆窗和绿友。有一天，得重和它们见面的时候，会和我面生么？

夏天的旅行

艾芜

「太阳将几百天以来，所储蓄的一切精力，摔在大地上。在这天和地的惨淡的战争中，人类当然不会独独震恐而退缩的。」

夏天的早上，住厌了都市的人，单是在火车里，看见了蒙着薄雾的青色秧田，开着柠檬色小花的棉地和门前系着一两条黑色水牛的人家，已够心情爽朗了，何况在终点地方，欣欣迎人的，有点缀着海面的茶褐色的风帆和掠人衣袂的湿润海风呢。

夏天真是勾人旅行的季节呵！

在赴吴淞去的车上，心里禁不住暗自这样咏叹起来了。

鹤见佑辅论夏天的旅行："太阳将几百天以来，所储蓄的一切精力，摔在大地上。在这天和地的惨淡的战争中，人类当然不会独独震恐而退缩的。大批的人，便跳出了讨厌透了的自己的家，扑到大自然的怀里去。这就是旅行。"

这样看来，在暑天，旅行的人倒仿佛近于战士的了，其实呢，比如此次的游吴淞，我只觉得是不折不扣的偷闲而已，同自然抗争之气，是一点也没有的。倘真以炎天之下的远足为勇敢，则那些终日留在机器两侧锅炉旁边流汗的人，敢说他们是懦弱的吗！也许鹤见氏的话是对的，不过这只适合于向"夏日炎炎正好眠”的胖子们说教罢了。

旅行，是娱乐，尤其在夏天，这娱乐，应该普及到一切的人们，虽然，在此刻，只能算作梦想，但将来终归是会实现的。

“海风，蝉鸣，六月的太阳。”

住在吴淞的友人，来信说着这些诱人的字眼，我们便开始了夏天第一次的旅行。

在堤上当风走着是惬意的，就是把一双足酱在泥灰寸积的村道中，也很愉快的，因为人在只见屋瓦墙砖的环境里面脱逃出来，便好像得了莫大的解放似的。

坐在一家卖汽水的茅草店内，望见了海面天空和田野，人便觉得是做了大自然的儿子，躺在它的怀中一样。海风作声地吹着，依着藤椅就想呼呼地睡去，虽然我们的唇间，都在不时地流出使人不易倦怠的孩子气那样的话语。

藤桌旁边的泥地上，螃蟹悄悄地爬着，我们不去捉它，也不作声惊动，只是带笑地看着，让它自由自在的。

在村中饭店去，路过芦苇丰盛的池塘，便觉得在我们缓缓步去的足声中，应该有二三只野鸭，蓦地惊飞起来。虽然结果是野鸭一只也没有，但却想起屠格涅夫在《猎人日记》上所写的那些打野鸭的场面来了。因此我们在日光下，信口开河地谈话，便搭着了《猎人日记》这只船，开到了小说的海洋上面。

也许就因为是夏天吧，在海边上，很容易回忆起了南国，从前我所到过的那些殖民地国家。

虽然在这儿并没有看见椰子和芒果的树荫，但望着了精雅的洋式饭店，和店前草地上啜饮咖啡的白人，就好像我已回到了新加坡的海滨公园和仰光的绿绮湖畔一样。

心里起着这样不快的感觉：难道我们的国家，竟同缅甸、爪哇一般的么？

然而，实际上，倘若这时拭着额上的汗，在绿绮湖畔散步，或是海滨公园闲坐，我相信，一定是要更为愉快些。因为，至少不会在绿荫蓬草之间，看见了残缺的墙，和一片乱瓦，那些以往的战事痕迹。

什么时候才是最愉快的夏天旅行呢？

我想：应该是一切人都能做一次夏天旅行的时候。

扬州的夏日

朱自清

船上人若高兴时，也可以向茶馆中要一壶茶，或一两种“小笼点心”，在河中喝着，吃着，谈着。

扬州从隋炀帝以来，是诗人文士所称道的地方；称道的多了，称道的久了，一般人便也随声附和起来。直到现在，你若向人提起扬州这个名字，他会点头或摇头说："好地方！好地方！"特别是没去过扬州而有念过唐诗的人，在他心里，扬州真像蜃楼海市一般美丽；他若念过《扬州画舫录》一类书，那更了不得了。但在一个久住扬州像我的人，他却没有那么多美丽的幻想，他的憎恶也许掩住了他的爱好；他也许离开了三四年并不去想它。若是想呢，——你说他想什么？女人；不错，这似乎也有名，但怕不是现在的女人吧？——他只会想着扬州的夏日，虽然与女人仍然不无关系的。

北方和南方一个大不同，在我看，就是北方无水而南方有。诚然，北方今年大雨，永定河、大清河甚至决了堤防，但这并不能算是有水；北平的三海和颐和园虽然有点儿水，但太平衍了，一览而尽，船又那么笨头笨脑的。有水的仍然是南方。扬州的夏日，好处大半便在水上——有人称为"瘦西湖"，这个名字真是太"瘦"了，假西湖之名以行，"雅得这样俗”，老实说，我是不喜欢的。下船的地方便是护城河，曼衍开去，曲曲折折，直到平山堂——这是你们熟悉的名字——有七八里河道，还有许多杈杈桠桠的支流。这条河其实也没有顶大的好处，只是曲折而有些幽静，和别处不同。

沿河最著名的风景是小金山，法海寺，五亭桥；最远的便是平山堂了。金山你们是知道的，小金山却在水中央。在那里望水最好，看月自然也不错——可是我还不曾有过那样福气。“下河”的人十之九是到这儿的，人不免太多些。法海寺有一个塔，和北海的一样，据说是乾隆皇帝下江南，盐商们连夜督促匠人造成的。法海寺著名的自然是这个塔；但还有一桩，你们猜不着，是红烧猪头。夏天吃红烧猪头，在理论上也许不甚相宜，可是在实际上，挥汗吃着，倒也不坏的。五亭桥如名字所示，是五个亭子的桥。桥是拱形，中一亭最高，两边四亭，参差相称；最宜远看，或看影子，也好。桥洞颇多，乘小船穿来穿去，另有风味。平山堂在蜀冈上。登堂可见江南诸山淡淡的轮廓；“山色有无中”一句话，我看是恰到好处，并不算错。这里游人较少，闲坐在堂上，可以永日。沿路光景，也以闲寂胜。从天宁门或北门下船，蜿蜒的城墙，在水里倒映着苍黝的影子，小船悠然地撑过去，岸上的喧扰像没有似的。

船有三种：大船专供宴游之用，可以挟妓或打牌。小时候常跟了父亲去，在船里听着谋得利洋行的唱片。现在这样乘船的大概少了吧？其次是“小划子”，真像一瓣西瓜，由一个男人或女人用竹篙撑着。乘的人多了，便可雇两只，前后用小凳子跨着，这也可算得“方舟”了。后来又有一种“洋划”，比大船小，比“小划子”大，上支布篷，可以遮日遮雨。“洋划”渐渐地多，大船渐渐地少，然而“小划子”总是有人要的。这不独因为价钱最贱，也因为它的伶俐。一个人坐在船中，让一个人在船尾上用竹篙一下一下地撑着，可是一首唐诗，或一幅山水画。而有些好事的少年，愿意自己撑船，也非“小划子”不行。“小划子”虽然便宜，却也有些分别。譬如说，你们也可想到的，女人撑船总要贵些；姑娘撑的自然更要贵了。这些撑船的女子，便是有人说过的“瘦西湖上的船娘”。船娘们的故事大概不少，但我不很知道。据说以乱头粗服、风趣天然为胜；中年而有风趣，也仍然算好。可是起初原是逢场作戏，或尚不伤廉惠；以后居然有了价格，便觉意味索然了。

北门外一带，叫作下街，“茶馆”最多，往往一面临河。船行过时，茶客与乘客可以随便招呼说话。船上人若高兴时，也可以向茶馆中要一壶茶，或一两种“小笼点心”，在河中喝着，吃看，谈着。回来时再将茶壶和所谓小笼，连价款一并交给茶馆中人。撑船的都与茶馆相熟，他们不怕你白吃。扬州的小笼点心实在不错，我离开扬州，也走过七八处大大小小的地方，还没有吃过那样好的点心；这其实是值得惦记的。茶馆的地方大致总好，名字也颇有好的。如“得影廊”“绿杨树”“红叶山庄”，都是到现在还记得的。绿杨村的幌子，挂在绿杨树上，随风飘展，使人到现在还记得的。“绿杨城郭是扬州”的名句。里面还有小池，丛竹，茅亭，景物最幽。这一带的茶馆布置都利落有致，迥非上海、北平方方正正的茶楼可比。

“下河”总是下午。傍晚回来，在暮霭朦胧中上了岸，将大褂折好搭在腕上，一手微微摇着扇子；这样进了北门或天宁门走回家中。这时候可以念“又得浮生半日闲”那一句诗了。

西欧的夏天

余光中

沿湖一带，树树含雨，山山带云，很想告诉格拉斯米教堂墓地里的诗翁，我国古代有一片云梦大泽，也出过一位水气逼人的诗宗。

旅客似乎是十分轻松的人，实际上却相当辛苦。旅客不用上班，却必须受时间的约束；爱做什么就做什么，却必须受钱包的限制；爱去哪里就去哪里，却必须把几件行李蜗牛壳一般带在身上。旅客最可怕的噩梦，是钱和证件一起遗失，沦为来历不明的乞丐。旅客最难把握的东西，便是气候。

我现在就是这样的旅客。从西班牙南端一直旅行到英国的北端，我经历了各样的气候，已经到了寒暑不侵的境界。此刻我正坐在中世纪达豪土古堡改装的旅馆里，为《隔海书》的读者写稿。刚刚黎明，湿灰灰的云下是苏格兰中部荒莽的林木，林外是隐隐的青山。晓寒袭人，我坐在厚达尺许的石墙里，穿了一件毛衣。如果要走下回旋长梯像走下古堡之肠，去坡下的野径漫步寻幽，还得披上一件够厚的外套。

从台湾的定义讲来，西欧几乎没有夏天。昼蝉夜蛙，汗流浃背，是台湾的夏天。在西欧的大城，例如巴黎和伦敦，七月中旬走在阳光下，只觉得温暖舒适，并不出汗。西欧的旅馆和汽车，例皆不备冷气，因为就算天热，也是几天就过去了，值不得为避暑费事。我在西班牙、法国、英国各地租车长途旅行，其车均无冷气，只能扇风。

巴黎的所谓夏天，像是台北的深夜，早晚上街，凉风袭时，一件毛衣还不足御寒。如果你走到塞纳河边，风力加上水气，更需要一件风衣才行。下午日暖，单衣便够，可是一走到楼影或树荫里，便嫌单衣太薄。地面如此，地下却又不同。巴黎的地车比纽约、伦敦、马德里的都好，却相当闷热，令人穿不住毛衣。所以地上地下，穿穿脱脱，也颇麻烦。七月在巴黎的街上，行人的衣装，从少女的背心短裤到老妪的厚大衣，四季都有。七月在巴黎，几乎天天都是晴天，有时一连数日碧空无云，入夜后天也不黑下来，只变得深洞洞的暗蓝。巴黎附近无山，城中少见高楼，城北的蒙马特也只是一个矮丘，太阳要到九点半才落到地平线上，更显得昼长夜短，有用不完的下午。不过晴天也会突来霹雳：七月十四日法国国庆那天上午，密特朗总统在香热里榭大道主持阅兵盛典，就忽来一阵大雨，淋得总统和军乐队狼狈不堪。电视的观众看得见雨气之中，乐队长的指挥杖竟失手落地，连忙俯身拾起。

法国北部及中部地势平坦，一望无际，气候却有变化。巴黎北行一小时至卢昂，就觉得冷些；西南行二小时至卢瓦河中流，气候就暖得多，下午竟颇燠热，不过入夜就凉下来，星月异常皎洁。

再往南行入西班牙，气候就变得干暖。马德里在高台地的中央，七月的午间并不闷热，入夜甚至得穿毛衣。我在南部安达卢西亚地区及阳光海岸开车，一路又干又热，枯黄的草原，干燥的石堆，大地像一块烙饼，摊在酷蓝的天穹之下，路旁的草丛常因干燥而起火，势颇惊人。可是那是干热，并不令人出汗，和台湾的湿闷不同。

英国则趋于另一极端，显得阴湿，气温也低。我在伦敦的河堤区住了三天，一直是阴天，下着间歇的毛毛雨。即使破晓时露一下朝暾，早餐后天色就阴沉下来了。我想英国人的灵魂都是雨蕈，撑开来就是一把黑伞。与我存走过滑铁卢桥，七月的河风吹来，水气阴阴，令人打一个寒噤，把毛衣的翻领拉起，真有点魂断蓝桥的意味了。我们开车北行，一路上经过塔尖如梦的牛津，城楼似幻的勒德洛（Ludlow），古桥野渡的蔡斯特（Chester），雨云始终罩在车顶，雨点在车窗上也未干过，消魂远游之情，不让陆游之过剑门。进入肯布瑞亚的湖区之后，遍地江湖，满空云雨，偶见天边绽出一角薄蓝，立刻便有更多的灰云挟雨遮掩过来。真要怪华兹华斯的诗魂小气，不肯让我一窥他诗中的晴美湖光。从我一夕投宿的鹰头（Hawkshead）小店栈楼窗望出去，沿湖一带，树树含雨，山山带云，很想告诉格拉斯米教堂墓地里的诗翁，我国古代有一片云梦大泽，也出过一位水气逼人的诗宗。

秋天 秋天

张晓风

但秋是永远不会被混淆的——这坚硬明朗的金属季。让我们从微凉的松风中去认取，让我们从新刈的草香中去认取。

满山的牵牛藤起伏，紫色的小浪花一直冲击到我的窗前才猛然收势。

阳光是耀眼的白，像锡，像许多发光的金属。是哪个聪明的古人想起来以木像春而以金像秋的？我们喜欢木的青绿，但我们怎能不钦仰金属的灿白。

对了，就是这灿白，闭着眼睛也能感到的。在云里，在芦苇上，在满山的翠竹上，在满谷的长风里，这样乱扑扑地压了下来。

在我们的城市里，夏季上演得太长，秋色就不免出场得晚些。但秋是永远不会被混淆的——这坚硬明朗的金属季。让我们从微凉的松风中去认取，让我们从新刈的草香中去认取。

已经是生命中第二十五个秋天了，却依然这样容易激动。正如一个诗人说的：

“依然迷信着美。”

是的，到第五十个秋天来的时候，对于美，我怕是还要这样执迷的。

那时候，在南京，刚刚开始记得一些零碎的事，画面里常常出现一片美丽的郊野，我悄悄地从大人身边走开，独自坐在草地上。梧桐叶子开始簌簌地落着，簌簌地落着，把许多神秘的美感一起落进我的心里来了。我忽然迷乱起来，小小的心灵简直不能承受这种兴奋。我就那样迷乱地捡起一片落叶。叶子是黄褐色的，弯曲的，像一只载着梦的小船，而且在船舷上又长着两粒美丽的梧桐子。每起一阵风我就在落叶的雨中穿梭，拾起一地的梧桐子。必有一两颗我所未拾起的梧桐子在那草地上发了芽吧？二十年了，我似乎又能听到遥远的西风，以及风里簌簌的落叶。我仍然能看见那载着梦的船，航行在草原里，航行在一粒种子的希望里。

又记得小阳台上的黄昏，视线的尽处是一列古老的城墙。在暮色和秋色的双重苍凉里，往往不知什么人又加上一阵笛音的苍凉。我喜欢这种凄清的美，莫名所以地喜欢。小舅舅曾经带我一直走到城墙的旁边，那些斑驳的石头，蔓生的乱草，使我有一种说不出的感动。长大了读辛稼轩的词，对于那种沉郁悲凉的意境总觉得那样熟悉，其实我何尝熟悉什么词呢？我所熟悉的只是古老南京城的秋色罢了。

后来，到了柳州，一城都是山，都是树。走在街上，两旁总夹着橘柚的芬芳，学校前面就是一座山，我总觉得那就是地理课本上的十万大山。秋天的时候，山容澄清而微黄，蓝天显得更高了。

“媛媛，”我怀着十分的敬畏问我的同伴，“你说，教我们美术的龚老师能不能画下这个山？”

“能，他能。”

“能吗？我是说这座山全部。”

“当然能，当然，”她热切地喊着，“可惜他最近打篮球把手摔坏了，要不然，全柳州、全世界他都能画呢？”

沉默了好一会儿。

“是真的吗？”

“真的，当然真的。”

我望着她，然后又望着那座山，那神圣的、美丽的、深沉的秋山。“不，不可能。”我忽然肯定地说，“他不会画，一定不会。”

那天的辩论后来怎样结束，我已不记得了。而那个叫媛媛的女孩子和我已经阔别了十几年。

如果我能重见她，我仍会那样坚持的。

没有人会画那样的山，没有人能。媛媛，你呢？你现在承认了吗？前年我碰到一个叫媛媛的女孩子，就急急地问她，她却笑着说已经记不得住过柳州没有了。那么，她不会是你了。

没有人能忘记柳州的，没有人能忘记那苍郁的、沉雄的、微带金色的、不可描摹的山。

而日子被西风刮尽了，那一串金属性的、有着欢乐叮声的日子。终于，人长大了，会念《秋声赋》了，也会骑在自行车上，想象着陆放翁“饱将两耳听秋风”的情怀了。

秋季旅行，相片册里照例有发光的记忆，还记得那次倦游回来，坐在游览车上。

“你最喜欢那一季呢？”我问芷。

“秋天。”他简单地回答，眼睛里凝聚了所有美丽的秋光。

我忽然欢欣起来。

“我也是，啊，我们都是。”

她说了许多秋天的故事给我听，那些山野和乡村里的故事。她又向我形容那个她常在它旁边睡觉的小池塘，以及林间说不完的果实。

车子一路走着，同学沿站下车，车厢里越来越空虚了。

“芷，”我忽然垂下头来，“当我们年老的时候，我们生命的同伴一个个下车了，座位慢慢地稀松了，你会怎样呢？”

“我会很难过。”她黯然地说。

我们在做什么呢？芷，我们只不过说了些小女孩的傻话罢了，那种深沉的、无可如何的摇落之悲，又岂是我们所能了解的。

但，不管怎样，我们一起躲在小树丛中念书，一起说梦话的那段日子是美的。

而现在，你在中部的深山里工作，像传教士一样地工作着，从心里爱那些朴实的山地灵魂。今年初秋我们又见了一次面，兴致仍然那样好，坐在小渡船里，早晨的淡水河还没有揭开薄薄的蓝雾，橹声琅然，你又继续你的山林故事了。

“有时候，我向高山上走去，一个人，慢慢地翻越过许多山岭。”你说：“忽然，我停住了，发现四壁都是山！都是雄伟的、插天的青色！我吃惊地站着，啊，怎么会那样美！”

我望着你，芷，我的心里充满了幸福。分别这样多年了，我们都无恙，我们的梦也都无恙——那些高高的、不属于地平线上的梦。

而现在，秋在我们这里的山中已经很浓很白了。偶然落一阵秋雨，薄寒袭人，雨后常常又现出冷冷的月光，不由人不生出一种悲秋的情怀。你那儿呢？窗外也该换上淡淡的秋景了吧？秋天是怎样地适合故人之情，又怎样地适合银银亮亮的梦啊！随着风，紫色的浪花翻腾，把一山的秋凉都翻到我的心上来了。我爱这样的季候，只是我感到我爱得这样孤独。

我并非不醉心春天的温柔，我并非不向往夏天的炽热，只是生命应该严肃、应该成熟、应该神圣，就像秋天所给我们的一样——然而，谁懂呢？谁知道呢？谁去欣赏深度呢？

远山在退，遥遥地盘结着平静的黛蓝。而近处的木本珠兰仍香着（香气真是一种权力，可以统辖很大片的土地），溪水从小夹缝里奔窜出来，在原野里写着没有人了解的行书，它是一首小令，曲折而明快，用以描绘纯净的秋光的。

而我的扇页空着，我没有小令，只是我爱秋天，以我全部的虔诚与敬畏。

愿我的生命也是这样的，没有太多绚丽的春花、没有太多飘浮的夏云，没有喧哗，没有旋转着的五彩，只有一片安静纯朴的白色，只有成熟生命的深沉与严肃，只有梦，像一树红枫那样热切殷实的梦。秋天，这坚硬而明亮的金属季，是我深深爱着的。

秋天的况味

林语堂

没有春天的阳气勃勃，也没有夏天的炎烈迫人，也不像冬天之余入于枯槁凋零。我所爱的是秋林古气磅礴气象。

秋天的黄昏，一人独坐在沙发上抽烟，看烟头白灰之下露出红光，微微透露出暖气，心头的情绪便跟着那蓝烟缭绕而上，一样的轻松，一样的自由。不转眼缭烟变成缕缕的细丝，慢慢不见了，而那霎时，心上的情绪也跟着消沉于大千世界，所以也不讲那时的情绪，而只讲那时的情绪的况味。待要再划一根洋火，再点起那已点过三四次的雪茄，却因白灰已积得太多，点不着，乃轻轻地一弹，烟灰静悄悄地落在铜炉上，其静寂如同我此时用毛笔写在纸上一样，一点的声息也没有。于是再点起来，一口一口地吞云吐雾，香气扑鼻，于是想到烟，想到这烟一股温煦的热气，想到室中缭绕暗淡的烟霞，想到秋天的意味。

这时才想起，向来诗文上秋的含义，并不是这样的，使人联想的是肃杀，是凄凉，是秋扇，是红叶，是荒林，是萋草。然而秋确有另一意味，没有春天的阳气勃勃，也没有夏天的炎烈迫人，也不像冬天之全入于枯槁凋零。我所爱的是秋林古气磅礴气象。有人以老气横秋骂人，可见是不懂得秋林古色之滋味。

在四时中，我于秋是有偏爱的，所以不妨说说。秋是代表成熟，对于春天之明媚娇艳，夏日之茂密浓深，都是过来人，不足为奇了，所以其色淡，叶多黄，有古色苍茏之慨，不单以葱翠争荣了。这是我所谓秋的意味。大概我所爱的不是晚秋，是初秋，那时暄气初消，月正圆，蟹正肥，桂花皎洁，也未陷入凛冽萧瑟气态，这是最值得赏乐的。那时的温和，如我烟上的红灰，只是一股熏熟的温香罢了。或如文人已排脱下笔惊人的格调，而渐趋纯熟练达，宏毅坚实，其文读来有深长意味。这就是庄子所谓“正得秋而万宝成”结实的意义。

在人生上最享乐的就是这一类的事。比如酒以醇以老为佳。烟也有和烈之辨。雪茄之佳者，远胜于香烟，因其味较和。倘是烧得得法，慢慢地吸完一支，看那红光炙发，有无穷的意味。大概凡是古老，纯熟，熏黄，熟练的事物，都使我得到同样的愉快。如一只熏黑的陶锅在烘炉上用慢火炖猪肉时所发出的锅中徐吟的声调，是使我感到同观人烧大烟一样的兴趣。或如一本用过二十年而尚未破烂的字典，或是一张用了半世的书桌，或如看见街上一块熏黑了老气横秋的招牌，或是看见书法大家苍劲雄深的笔迹，都令人有相同的快乐，

人生世上如岁月之有四时，必须要经过这纯熟时期，如女

人发育健全遭遇安顺的，亦必有一时徐娘半老的风韵，为二八佳人所绝不可及者。使我最佩服的是邓肯的佳句：“世人只会吟咏春天与恋爱，真无道理。须知秋天的景色，更华丽，更恢奇，而秋天的快乐有万倍的雄壮，惊奇，都丽。我真可怜那些妇女识见褊狭，使她们错过爱之秋天的宏大的赠赐。”若邓肯者，可谓识趣之人。

故都的秋

郁达夫

秋天，无论在什么地方的秋天，总是好的；可是啊，北国的秋，却特别地来得清，来得静，来得悲凉。

秋天，无论在什么地方的秋天，总是好的；可是啊，北国的秋，却特别地来得清，来得静，来得悲凉。我的不远千里，要从杭州赶上青岛，更要从青岛赶上北平来的理由，也不过想饱尝一尝这“秋”，这故都的秋味。

江南，秋当然也是有的；但草木凋得慢，空气来得润，天的颜色显得淡，并且又时常多雨而少风；一个人夹在苏州上海杭州，或厦门香港广州的市民中间，混混沌沌地过去，只能感到一点点清凉。秋的味，秋的色，秋的意境与姿态，总看不饱，尝不透，赏玩不到十足。秋并不是名花，也并不是美酒，那一种半开半醉的状态，在领略秋的过程上，是不合适的。

不逢北国之秋，已将近十余年了。在南方每年到了秋天，总要想起陶然亭的芦花，钓鱼台的柳影，西山的虫唱，玉泉的夜月，潭柘寺的钟声。在北平即使不出门去，就是在皇城人海之中，租人家一椽破屋来住着，早晨起来，泡一碗浓茶、向院子一坐，你也能看得到很高很高的碧绿的天色，听得到青天下驯鸽的飞声。从槐树叶底，朝东细数着一丝一丝漏下来的日光，或在破壁腰中，静对着像喇叭似的牵牛花（朝荣）的蓝朵，自然而然地也能够感觉到十分的秋意。说到了牵牛花，我以为以蓝色或白色者为佳，紫黑色次之，淡红色最下。最好，还要在牵牛花底，教长着几根疏疏落落的尖细且长的秋草，使作陪衬。

北国的槐树，也是一种能使人联想起秋来的点缀。像花而又不是花的那一种落蕊，早晨起来，会铺得满地。脚踏上去，声音也没有，气味也没有，只能感出一点点极微细极柔软的触觉。扫街的在树影下一阵扫后，灰土上留下来的一条条扫帚的丝纹，看起来既觉得细腻，又觉得清闲，潜意识下并且还觉得有点儿落寞，古人所说的“梧桐一叶而天下知秋”的遥想，大约也就在这些深沉的地方。

秋蝉的衰弱的残声，更是北国的特产；因为北平处处全长着树，屋子又低，所以无论在什么地方，都听得见它们的啼唱。在南方是非要上郊外或山上去才听得到的。这秋蝉的嘶叫，在北平可和蟋蟀耗子一样，简直像是家家户户都养在家里的家虫。

还有秋雨哩，北方的秋雨，也似乎比南方的下得奇，下得有味，下得更像样。

在灰沉沉的天底下，忽而来一阵凉风，便下起雨来了。

一层雨过，云渐渐地卷向了西去，天又青了，太阳又露出脸来了；着着很厚的青布单衣或夹袄的都市闲人，咬着烟管，在雨后的斜桥影里，上桥头树底下去一立，遇见熟人，便会用了缓慢悠闲的声调，微叹着互答着的说：

“唉，天可真凉了——”（这了字念得很高，拖得很长。）

“可不是么？一层秋雨一层凉了！”

北方人念阵字，总老像是层字，平平仄仄起来，这念错的歧韵，倒来得正好。

北方的果树，到秋来，也是一种奇景。第一是枣子树；屋角，墙头，茅房边上，灶房门口，它都会一株株地长大起来。像橄榄又像鸽蛋似的这枣子颗儿，在小椭圆形的细叶中间，显出淡绿微黄的颜色的时候，正是秋的全盛时期；等枣树叶落，枣子红完，西北风就要起来了，北方便是尘沙灰土的世界，只有这枣子、柿子、葡萄，成熟到八九分的七八月之交，是北国的清秋的佳日，是一年之中最好也没有的Golden Days。

有些批评家说，中国的文人学士，尤其是诗人，都带着很浓厚的颓废色彩，所以中国的诗文里，颂赞秋的文字特别的多。但外国的诗人，又何尝不然？我虽则外国诗文念得不多，也不想开出账来，做一篇秋的诗歌散文钞，但你若去一翻英德法意等诗人的集子，或各国的诗文的选集来，总能够看到许多关于秋的歌颂与悲啼。各著名的大诗人的长篇田园诗或四季诗里，也总以关于秋的部分，写得最出色而最有味。足见有感觉的动物，有情趣的人类，对于秋，总是一样的能特别引起深沉、幽远、严厉、萧索的感触来的。不单是诗人，就是被关闭在牢狱里的囚犯，到了秋天，我想也一定会感到一种不能自已的深情；秋之于人，何尝有国别，更何尝有人种阶级的区别呢？不过在中国，文字里有一个“秋士”的成语，读本里又有着很普遍的欧阳子的《秋声》与苏东坡的《赤壁赋》等，就觉得中国的文人，与秋的关系特别深了。可是这秋的深味，尤其是中国的秋的深味，非要在北方，才感受得到。

南国之秋，当然是也有它的特异的地方的，比如廿四桥的明月，钱塘江的秋潮，普陀山的凉雾，荔枝湾的残荷等等，可是色彩不浓，回味不永。比起北国的秋来，正像是黄酒之与白干，稀饭之与馍馍，鲈鱼之与大蟹，黄犬之与骆驼。

秋天，这北国的秋天，若留得住的话，我愿把寿命的三分之二折去，换得一个三分之一的零头。

秋的气味

林海音

海棠红着半个脸，石榴笑得露出一排粉红色的牙齿。这些都是秋之果。

秋天来了，很自然的想起那条街——西单牌楼。

无论从哪个方向来，到了西单牌楼，秋天，黄昏，先闻见的是街上的气味。炒栗子的香味弥漫在繁盛的行人群中，赶快朝向那熟悉的地方看去，和兰号的伙计正在门前炒栗子。和兰号是卖西点的，炒栗子也并不出名，但是因为它在街的转角上，首当其冲，就不由得就近去买。

来一斤吧！热栗子刚炒出来，要等一等，倒在箩中筛去裹糖汁的砂子。在等待称包的时候，另有一种清香的味儿从身边飘过，原来眼前街角摆的几个水果摊子上，啊！枣、葡萄、海棠、柿子、梨、石榴……全都上市了。香味多半是梨和葡萄散发出来的。沙营的葡萄，黄而透明，一撅两截，水都不流，所以有“冰糖包”的外号。京白梨，细而嫩，一点儿渣儿都没有。“鸭儿广”柔软得赛豆腐。枣是最普通的水果，郎家园是最出名的产地，于是无枣不郎家园了。老虎眼，葫芦枣，酸枣，各有各的形状和味道。“喝了蜜的柿子”要等到冬季，秋天上市的是青皮的脆柿子，脆柿子要高椿儿的才更甜。海棠红着半个脸，石榴笑得露出一排粉红色的牙齿。这些都是秋之果。

抱着一包热栗子和一些水果，从西单向宣武门走去，想着回到家里在窗前的方桌上，就着暮色中的一点光亮，家人围坐着剥食这些好吃的东西的快乐，脚步不由得加快了。身后响起了当当的电车声，五路车快到宣武门的终点了。过了绒线胡同，空气中又传来了烤肉的香味，是安儿胡同口儿上，那间低矮窄狭的烤肉宛上人了。

门前挂着清真的记号，他们是北平许多著名的回教馆中的一个，秋天开始，北平就是回教馆子的天下了。矮而胖的老五，在案子上切牛羊肉，他的哥哥老大，在门口招呼座儿，他的两个身体健康、眼睛明亮。充分表现出回教青年精神的儿子，在一旁帮着和学习着剔肉和切肉的技术。炙子上烟雾弥漫，使原来就不明的灯更暗了些，但是在这间低矮、烟雾的小屋里，却另有一股温暖而亲切的感觉，使人很想进去，站在炙子边举起那两根大筷子。

老五是公平的，所以给人格外亲切的感觉。它原来只是一间包子铺，供应附近居民和路过的劳动者一些羊肉包子。渐渐的，烤肉出了名，但它并不因此改变对主顾的态度。比如说，他们只有两个炙子，总共也不过能围上一二十人，但是一到黄昏，一批批的客人来了，坐也没地方坐，一时也轮不上吃，老五会告诉客人，再等二十几位，或者三十几位，那么客人就会到西单牌楼去绕个弯儿，再回来就差不多了。没有登记簿，他们却是丝毫不差地记住了前来后到的次序。没有争先，不可能插队，一切听凭老大的安排，他并没有因为来客是坐汽车的或是拉洋车的，而有什么区别，这就是他的公平和亲切。

一边手里切肉一边嘴里算账，是老五的本事，也是艺术。一碗肉，一碟葱，一条黄瓜，他都一一唱着钱数加上去，没有虚报，价钱公道。在那里，房子虽然狭小，却吃得舒服。老五的笑容并不多，但他给你的是诚朴的感觉，在那儿不会有吃得惹气这种事发生。

秋天在北方的故都，足以代表季节变换的气味的，就是牛羊肉的羶和炒栗子的香了！

贴秋膘

汪曾祺

秋风一起，胃口大开，想吃点好的，增加一点营养，补偿补偿夏天的损失，北方人谓之「贴秋膘」。

人到夏天，没有什么胃口，饭食清淡简单，芝麻酱面（过水，抓一把黄瓜丝，浇点花椒油）；烙两张葱花饼，熬点绿豆稀粥……两三个月下来，体重大都要减少一点。秋风一起，胃口大开，想吃点好的，增加一点营养，补偿补偿夏天的损失，北方人谓之“贴秋膘”。

北京人所谓“贴秋膘”有特殊的含意，即吃烤肉。

烤肉大概源于少数民族的吃法。日本人称烤羊肉为“成吉思汗料理”（青木正《中华腌菜谱》里提到），似乎这是蒙古人的东西。但我看《元朝秘史》，并没有看到烤肉。成吉思汗当然是吃羊肉的，《秘史》里几次提到他到了一个什么地方，吃了一只“双母乳的羊羔”。羊羔而是“双母乳”（两只母羊喂奶）的，想必十分肥嫩。一顿吃一只羊羔，这食量是够可以的。但似乎只是白煮，即便是烤，也会是整只的烤，不会像北京的烤肉一样。如果是北京的烤肉，他吃起来大概也不耐烦，觉得不过瘾。我去过内蒙几次，也没有在草原上吃过烤肉。那么，这是不是蒙古料理，颇可存疑。北京卖烤肉的，都是回民馆子。“烤肉宛”原来有齐白石写的一块小匾，写得明白：“清真烤肉宛”。这块匾是写在宣纸上的，嵌在镜框里，字写得很好，后面还加了两行注脚：“诸书无烤字，应人所请自我作古。”我曾写信问过语言文字学家朱德熙，是不是古代没有“烤”字，德熙复信说古代字书上确实没有这个字。看来“烤”字是近代人造出来的字了。这是不是回民的吃法？我到过回民集中的兰州，到过新疆的乌鲁木齐、伊犁、吐鲁番，都没有见到如北京烤肉一样的烤肉。烤羊肉串是到处有的，但那是另外一种。北京的烤肉起源于何时，原是哪个民族的，已不可考。反正它已经在北京生根落户，成了北京“三烤”（烤肉，烤鸭，烤白薯）之一，是“北京吃儿”的代表作了。

北京烤肉是在“炙子”上烤的。“炙子”是一根一根铁条钉成的圆板，下面烧着大块的劈柴，松木或果木。羊肉切成薄片（也有烤牛肉的，少），由堂倌在大碗里拌好佐料——酱油、香油、料酒，大量的香菜，加一点水，交给顾客，由顾客用长筷子平摊在炙子上烤。“炙子”的铁条之间有小缝，下面的柴烟火气可以从缝隙中透上来，不但整个“炙子”受火均匀，而且使烤着的肉带柴木清香；上面的汤卤肉屑又可填入缝中，增加了烤炙的焦香。过去吃烤肉都是自己烤。因为炙子颇高，只能站着烤，或一只脚踩在长凳上。大火烤着，外面的衣裳穿不住，大都脱得只穿一件衬衫。足蹬长凳，解衣磅礴，一边大口地吃肉，一边喝白酒，很有点剽悍豪霸之气。满屋子都是烤炙的肉香，这气氛就能使人增加三分胃口。平常食量，吃一斤烤肉，问题不大。吃斤半、二斤、二斤半的，有的是。自己烤，嫩一点，焦一点，可以随意。而且烤本身就是个乐趣。

北京烤肉有名的三家：烤肉季，烤肉宛，烤肉刘。烤肉宛在宣武门里，我住在国会街时，几步就到了，常去。有时懒得去等炙子（因为顾客多，炙子常不得空），就派一个孩子带个饭盒烤一饭盒，买几个烧饼，一家子一顿饭，就解决了。烤肉宛去吃过的名人很多。除了齐白石写的一块匾，还有张大千写的一块。梅兰芳题了一首诗，记得第一句是“宛家烤肉旧驰名”，字和诗当然是许姬传代笔。烤肉季在什刹海，烤肉刘在虎坊桥。

从前北京人有到野地里吃烤肉的风气。玉渊潭就是个吃烤肉的地方。一边看看野景，一边吃着烤肉，别是一番滋味。听玉渊潭附近的老住户说，过去一到秋天，老远就闻到烤肉香味。

北京现在还能吃到烤肉，但都改成由服务员代烤了端上来，那就没劲了。我没有去过。内蒙也有“贴秋膘”的说法，我在呼和浩特就听到过。不过似乎只是汉族干部或说汉语的蒙族干部这样说。蒙语有没有这说法，不知道。呼市的干部很愿意秋天“下去”考察工作或调查材料。别人就会说：“哪里是去考察、调查，是去‘贴秋膘’去了。”呼市干部所说“贴秋膘”是说下去吃羊肉去了。但不是去吃烤肉，而是去吃手把羊肉。到了草原，少不了要吃几顿羊肉。有客人来，杀一只羊，这在牧民实在不算什么。关于手把羊肉，我曾写过一篇文章，收入《蒲桥集》，兹不重述。那篇文章漏了一句很重要的话，即羊肉要秋天才好吃，大概要到阴历九月，羊才上膘，才肥。羊上了膘，人才可以去“贴”。

中秋的月亮

周作人

等到月亮渐渐的圆了起来，它的形相也渐和善了，望前后的三大光景几乎是一位富翁的脸，难怪能够得到许多人的喜悦。

敦礼臣著《燕京岁时记》云："京师之曰八月节者，即中秋也。每届中秋，府第朱门皆以月饼果品相馈赠，至十五月圆时，陈瓜果于庭以供月，并祀以毛豆鸡冠花。是时也，皓魄当空，彩云初散，传杯洗盏，儿女喧哗，真所谓佳节也。惟供月时，男子多不叩拜，故京师谚曰，男不拜月，女不祭灶。"此记作于四十年前，至今风俗似无甚变更，虽民生凋敝，百物较二年前超过五倍，但中秋吃月饼恐怕还不肯放弃，至于赏月则未必有此兴趣了吧。本来举杯邀月这只是文人的雅兴，秋高气爽，月色分外光明，更觉得有意思，特别定这日为佳节，若在民间不见得有多大兴味，大抵就是算账要紧，月饼尚在其次。

我回想乡间一般对于月亮的意见，觉得这与文人学者的颇不相同。普通称月曰月亮婆婆，中秋供素月饼水果及老南瓜，又凉水一碗，妇孺拜毕，以指蘸水涂目，祝曰眼目清凉。相信月中有娑婆树，中秋夜有一枝落下人间，此亦似即所谓月华，但不幸如落在人身上，必成奇疾，或头大如斗，必须斫开，乃能取出宝物也。月亮在天文中本是一种怪物，忽圆忽缺，诸多变异，潮水受它的呼唤，古人又相信其与女人生活有关。更奇的是与精神病者也有微妙的关系，拉丁文便称此病日月光病，仿佛与日射病可以对比似的。这说法现代医家当然是不承认了，但是我还有点相信，不是说其间隔发作的类似，实在觉得月亮有其可怕的一面，患怔忡的人见了会生影响，正是可能的事吧。

好多年前夜间从东城回家来，路上望见在昏黑的天上，挂着一钩深黄的残月，看去很是凄惨，我想我们现代都市人尚且如此感觉，古时原始生活的人当更如何？住在岩窟之下，遇见这种情景，听着豺狼嗥叫，夜鸟飞鸣，大约没有什么好的心情，——不，即使并无这些禽兽骚扰，单是那月亮的威吓也就够了，它简直是一个妖怪，别的种种异物喜欢在月夜出现，这也只是风云之会，不过跑龙套罢了。等到月亮渐渐的圆了起来，它的形相也渐和善了，望前后的三天光景几乎是一位富翁的脸，难怪能够得到许多人的喜悦，可是总是有一股冷气，无论如何还是去不掉的。只恐“琼楼玉宇，高处不胜寒”，东坡这句词很能写出明月的精神来。

向来传说的忠爱之意究竟是否寄托在内，现在不关重要，可以姑且不谈。总之我于赏月无甚趣味，赏雪赏雨也是一样，因为对于自然还是畏过于爱，自己不敢相信已能克服了自然，所以有些文明人的享乐是于我颇少缘分的。中秋的意义，在我个人看来，吃月饼之重要殆过于看月亮，而还账又过于吃月饼，然则我诚犹未免为乡人也。

异国秋思

庐隐

她们吃着喝着，高声谈笑着，她们真像是才出谷的雏莺，只觉眼前的东西，件件新鲜，处处都富有生趣。

自从我们搬到郊外以来，天气渐渐清凉了。那短篱边牵延着的毛豆叶子，已露出枯黄的颜色来，白色的小野菊，一丛丛由草堆里钻出头来，还有小朵的黄花在凉劲的秋风中抖颤。这一些景象，最容易勾起人们的秋思，况且身在异国呢！低声吟着“帘卷西风，人比黄花瘦”之句，这个小小的灵宫，是弥漫了怅惘的情绪。

书房里格外显得清寂，那窗外蔚蓝如碧海似的青天，和淡金色的阳光，还有挟着桂花香的阵风，都含了极强烈的、挑拨人类心弦的力量，在这种刺激之下，我们不能继续那死板的读书工作了。在那一天午饭后，波便提议到附近吉祥寺去看秋景，三点多钟我们乘了市外电车前去，——这路程太近了，我们的身体刚刚坐稳便到了。走出长甬道的车站，绕过火车轨道，就看见一座高耸的木牌坊，在横额上有几个汉字写着“井之头恩赐公园”。我们走进牌坊，便见马路两旁树木葱茏，绿荫匝地，一种幽妙的意趣，萦绕脑际，我们怔怔地站在树影下，好像身入深山古林了。在那枝柯掩映中，一道金黄色的柔光正荡漾着，使我想象到一个披着金绿柔发的仙女，正赤着足，踏着白云，从这里经过的情景。再向西方看，一抹彩霞，正横在那叠翠的峰峦上，如黑点的飞鸦，穿林翩翻，我一缕的愁心真不知如何安排，我要吩咐征鸿把它带回故国吧！无奈它是那样不着迹地去了。

我们徘徊在这浓绿深翠的帏幔下，竟忘记前进了。一个身穿和服的中年男人，脚上穿着木屐，“提塔提塔”地来了。他向我们打量着，我们为避免他的觑视，只好加快脚步走向前去。经过这一带森林，前面有一条鹅卵石堆成的斜坡路，两旁种着整齐的冬青树，只有肩膀高，一阵阵的青草香，从微风里荡过来，我们慢步地走着，陡觉神气清爽，一尘不染。下了斜坡，面前立着一所小巧的东洋式茶馆，里面设了几张小矮几和坐褥，两旁列着柜台，红的蜜橘，青的苹果，五色的杂糖，错杂地罗列着。

“呀！好眼熟的地方！”我不禁失声地喊了出来。于是潜藏在心底的印象，陡然一幕幕地重映出来，唉！我的心有些抖颤了，我是被一种感怀以往的情绪所激动，我的双眼怔住，胸膈间充塞着悲凉，心弦凄紧地搏动着。自然是回忆到那些曾被流年蹂躏过的往事：“唉！往事，只是不堪回首的往事呢！”我悄悄地独自叹息着。但是我目前仍然有一幅逼真的图画再现出来……

一群骄傲与幸福的少女们，她们孕育着玫瑰色的希望，当她们将由学校毕业的那一年，曾随了她们德高望重的教师，带着欢乐的心情，渡过日本海来访蓬莱的名胜。在她们登岸的时候，正是暮春三月樱花乱飞的天气。那些缀锦点翠的花树，都使她们乐游忘倦。天色黎明，她们便由东京的旅舍出发，先到上野公园看过樱花的残妆后；又换车到井之头公园来。这时疲倦袭击着她们，非立刻找个地点休息不可。最后她们发现了这个位置清幽的茶馆，便立刻决定进去吃些东西。大家团团围着矮凳坐下，点了两壶龙井茶，和一些奇甜的东洋点心，她们吃着喝着，高声谈笑着，她们真像是才出谷的雏莺，只觉眼前的东西，件件新鲜，处处都富有生趣。当然她们是被搂在幸福之神的怀抱里了。青春的爱娇，活泼快乐的心情，她们是多么可艳羡的人生呢！

但是流年把一切都毁坏了！谁能相信今天在这里追怀往事的我，也正是当年幸福者之一呢！哦！流年，残刻的流年呵！它带走了人间的爱娇，它蹂躏英雄的壮志，使我站在这似曾相识的树下，只有咽泪，我有什么方法，使年光倒流呢！

唉！这仅仅是九年后的今天。呀，这短短的九年中，我走的是崎岖的世路，我攀缘过陡峭的崖壁，我由死的绝谷里逃命，使我尝着忍受由心头淌血的痛苦，命运要我喝干自己的血汁，如同喝玫瑰酒一般……

唉！这一切的刺心回忆，我忍不住流下辛酸的泪滴，连忙离开这容易激动感情的地方吧！我们便向前面野草漫径的小路上走去，忽然听见一阵悲恻的唏嘘声，我仿佛看见张着灰色翅翼的秋神，正躲在那厚密枝叶背后。立时那些枝叶都窸窸窣窣地颤抖起来。草底下的秋虫，发出连续的唧唧声，我的心感到一阵阵的凄冷；不敢向前去，找到路旁一张长木凳坐下。我用滞呆的眼光，向那一片阴阴森森的丛林里睁视，当微风分开枝柯时，我望见那小河里潺潺碧水了。水上皱起一层波纹，一只小划子，从波纹上溜过。两个少女摇着桨，低声唱着歌儿。我看到这里，又无端感触起来，觉得喉头哽塞，不知不觉叹道："故国不堪回首"。

同时那北海的红漪清波浮现眼前，那些手携情侣的男男女女，恐怕也正摇着画桨，指点着眼前清丽秋景，低语款款吧！况且又是菊茂蟹肥时候，料想长安市上，车水马龙，正不少欢乐的宴聚。这漂泊异国，秋思凄凉的我们当然是无人想起的。不过，我们却深深地眷怀着祖国，渴望得些好消息呢！况且我们又是神经过敏的，揣想到树叶凋落的北平，凄风吹着，冷雨洒着的这些穷苦的同胞，也许正向茫茫的苍天悲诉呢！唉，破碎紊乱的祖国呵！北海的风光不能粉饰你的悲怆！今雨轩的灯红酒绿，不能安慰忧患的人生，深深眷念祖国的我们，这一颗因热望而颤抖的心，最后被秋风吹冷了。

济南的秋天

老舍

请你在秋天来。那城，那河，那古路，那山影，是终年给你预备着的。加上济南的秋色，济南由古朴的画境转入静美的诗境中了。

济南的秋天是诗境的。设若你的幻想中有个中古的老城，有睡着了的大城楼，有狭窄的古石路，有宽厚的石城墙，环城流着一道清溪，倒映着山影，岸上蹲着红袍绿裤的小妞儿。你的幻想中要是这么个境界，那便是个济南。设若你幻想不出——许多人是不会幻想的——请到济南来看看吧。

请你在秋天来。那城，那河，那古路，那山影，是终年给你预备着的。可是，加上济南的秋色，济南由古朴的画境转入静美的诗境中了。这个诗意秋光秋色是济南独有的。上帝把夏天的艺术赐给瑞士，把春天的赐给西湖，秋和冬的全赐给了济南。秋和冬是不好分开的，秋睡熟了一点便是冬，上帝不愿意把它忽然唤醒，所以作个整人情，连秋带冬全给了济南。

诗的境界中必须有山有水。那么，请看济南吧。那颜色不同、方向不同、高矮不同的山，在秋色中便越发的不同了。以颜色说吧，山腰中的松树是青黑的，加上秋阳的斜射，那片青黑便多出些比灰色深，比黑色浅的颜色，把旁边的黄草盖成一层灰中透黄的阴影。山脚是镶着各色条子的，一层层的，有的黄，有的灰，有的绿，有的似乎是藕荷色儿。山顶上的色儿也随着太阳的转移而不同。山顶的颜色不同还不重要，山腰中的颜色不同才真叫人想作几句诗。山腰中的颜色是永远在那儿变动，特别是在秋天，那阳光能够忽然清凉一会儿，忽然又温暖一会儿，这个变动并不激烈，可是山上的颜色觉得出这个变化，而立刻随着变换。忽然黄色更真了些，忽然又暗了些，忽然像有层看不见的薄雾在那儿流动，忽然像有股细风替“自然”调和着彩色，轻轻地抹上层各色俱全而全是淡美的色道儿。有这样的山，再配上那蓝的天，晴暖的阳光，蓝得像要由蓝变绿了，可又没完全绿了；晴暖得要发躁了，可是有点凉风，正像诗一样的温柔，这便是济南的秋。况且因为颜色的不同，那山的高低也更显然了。高的更高了些，低的更低了些，山的棱角曲线在晴空中更真了，更分明了，更瘦硬了。看山顶上那个塔！

再看水。以量说，以质说，以形式说，哪儿的水能比济南？有泉——到处是泉——有河，有湖，这是由形式上分。不管是泉是河是湖，全是那么清，全是那么甜，哎呀，济南是“自然”的情人吧？大明湖夏日的莲花，城河的绿柳，自然是美好的了。可是看水，是要看秋水的。济南有秋山，又有秋水，这个秋才算个秋，因为秋神是在济南住家的。先不用说别的，只说水中的绿藻吧。那份儿绿色，除了上帝心中的绿色，恐怕没有别的东西能比拟的。这种鲜绿色借着水的清澄显露出来，好像美人借着镜子鉴赏自己的美。是的，这些绿藻是自己享受那水的甜美呢，不是为谁看的。它们知道它们那点绿的心事，它们终年在那儿吻着水波，做着绿色的香梦。淘气的鸭子，用黄金的脚掌碰它们一两下。浣女的影儿，吻它们的绿叶一两下。只有这个，是它们的香甜的烦恼。羡慕死诗人呀!

在秋天，水和蓝天一样的清凉。天上微微有些白云，水上微微有些波皱。天水之间，全是清明，温暖的空气，带着一点桂花的香味。山影儿也更真了。秋山秋水虚幻地吻着。山不动，水微响。那中古的老城，带着这片秋色秋声，是济南，是诗。

济南的冬天

老舍

一个老城，有山有水，全在天底下很暖和安适地睡着，只等春风来把他们唤醒，这是不是个理想的境界？

上次说了济南的秋天，这回该说冬天。

对于一个在北平住惯的人，像我，冬天要是不刮大风，便是奇迹；济南的冬天是没有风声的。对于一个刚由伦敦回来的，像我，冬天要能看得见日光，便是怪事；济南的冬天是响晴的。自然，在热带的地方，日光是永远那么的毒，响亮的天气反有点叫人害怕。可是，在北中国的冬天，而能有温晴的天气，济南真得算个宝地。

设若单单是有阳光，那也算不了出奇。请闭上眼想：一个老城，有山有水，全在天底下很暖和安适地睡着；只等春风来把他们唤醒，这是不是个理想的境界？小山整把济南围了个圈儿，只有北边缺着点口儿，这一圈小山在冬天特别可爱，好像是把济南放在一个小摇篮里，它们全安静不动地低声说：你们放心吧，这儿准保暖和。真的，济南的人们在冬天是面上含笑的。他们一看那些小山，心中便觉得有了着落，有了依靠。他们由天上看到山上，便不觉地想起：明天也许就是春天了吧？这样的温暖，今天夜里山草也许就绿起来了吧？就是这点幻想不能一时实现，他们也并不着急，因为有这样慈善的冬天，干啥还希望别的呢？

最妙的是下点小雪呀。看吧，山上的矮松越发的青黑，树尖上顶着一髻儿白花，好像日本看护妇。山尖全白了，给蓝天镶上一道银边。山坡上，有的地方雪厚点，有的地方草色还露着；这样，一道儿白，一道儿暗黄，给山们穿上一件带水纹的花衣。看着看着，这件花衣好像被风儿吹动，叫你希望看见一点更美的山的肌肤。等到快日落的时候，微黄的阳光斜射在山腰上，那点薄雪好像忽然害了羞，微微露出点粉色。就是下小雪吧，济南是受不住大雪的，那些小山太秀气！

古老的济南，城内那么狭窄，城外又那么宽敞，山坡上卧着些小村庄，小村庄的房顶上卧着点雪，对，这是张小水墨画，或者是唐代的名手画的吧。

那水呢，不但不结冰，反倒在绿藻上冒着点热气。水藻真绿，把终年贮蓄的绿色全拿出来了。天儿越晴，水藻越绿，就凭这些绿的精神，水也不忍得冻上，况且那长枝的垂柳还要在水里照个影儿呢。看吧，由澄清的河水慢慢往上看吧，空中，半空中，天上，自上而下全是那么清亮，那么蓝汪汪的，整个的是块空灵的蓝水晶。这块水晶里，包着红屋顶，黄草山，像地毯上的小团花的小灰色树影。这就是冬天的济南。

树虽然没有叶儿，鸟儿可并不偷懒，看在日光下张着翅叫的百灵们。山东人是百灵鸟的崇拜者，济南是百灵的国。家家处处听得到它们的歌唱；自然，小黄鸟儿也不少，而且在百灵国内也很努力地唱。还有山喜鹊呢，成群的在树上啼，扯着浅蓝的尾巴飞。树上虽没有叶，有这些羽翎装饰着，也倒有点像西洋美女。坐在河岸上，看着它们在空中飞，听着溪水活活的流，要睡了，这是有催眠力的，不信你就试试；睡吧，绝冻不着你。

秋空明月悬，光彩露沾湿。
惊鹊栖未定，飞萤卷帘入。

唐 孟浩然

冰雪林中著此身，不同桃李混芳尘。
忽然一夜清香发，散作乾坤万里春。

元 王冕

低花树映小妆楼，春入眉心两点愁。
斜倚栏干背鹦鹉，思量何事不回头。

唐 白居易

这年冬天的家书

张悦然

爸爸我梦见荷花开了，就是我们家门口的。你带着我过马路。手和手是一起的。爸爸我们是去看荷花么？

爸爸

爸爸。我说。

我其实没有什么想说的，只是很久没有喊这个称呼了。我想叫你。

爸爸我梦见荷花开了，就是我们家门口的。你带着我过马路。手和手是一起的。爸爸我们是去看荷花么？

荷花，荷花是像我的鼻血一样的红色，玷污了我的梦。爸爸我为什么总是流鼻血，你说给我的抬右手臂的办法不再奏效。我只有昂起头。荷花也开在天上。比云彩还纯洁的假象。我看着它们，爸爸我们家搬去天上了吗。

爸爸，我不是奶奶，我不能这样说可是我仍旧要这样说你，你是个能干的小孩。你看我们的家多好。它多好啊爸爸，还有你和妈妈。还有我们拥有的一切，都是你给的。

爸爸你有没有数过呢？你究竟给过我多少件东西。从小到大有多少件呢。爸爸我想数的，我企图这样做过在我异常愤怒和你争吵的时候。我在心里数。我说都还给你还给你。我数它们。它们密密麻麻，它们糊在我的整个青春上面，像一个总是不能结尾的美妙童话。童话。哦，爸爸我喜欢你给我买的童话，虽然我要你念给我可是你没有时间。爸爸你欠我一些时间这个你知道吧。仍旧在么，它们？是在写字台下面的抽屉吧。爸爸我不能还给你了。你给的爱和东西物件我都不能还了，我享用了太多年了。你看我已经是依赖的病患了。我抱着你给的东西就会笑嘻嘻。笑嘻嘻的我也能忘记你欠我的一小段时间。

爸爸其实你欠我的是很短的时间。因为很多时间我们是一起的。比如我坐在你汽车的后面。我坐在后面看见你看着前方。我喜欢你开车爸爸，虽然我觉得那太有目的性。是不是能干的人都像你一样有目的性呢？你总是带我去我要去的地方。学校。家。运动房。就是这样。爸爸其实我想和你去远方！我想和你走走停停去远方。我想你买你喜欢的热狗分给后面的我一半。我就要一半，谢谢。你现在在抽烟，因为我睡着了你就不能抽烟了，可你不知道我喜欢烟。我也想你分我一口。我就要一口，呵呵。

爸爸，你欠我一小段时间。这段时间里我们可以悄悄去一个远方再回来。这期间我们还抽了烟吃了热狗打盹睡觉接了电话。然后我们回家。爸爸我喜欢我们的家。我们回去的时候是快乐的。你看它建在荷花池旁边，夏天天黑了荷花仍旧明亮。

我看见荷花探头去泉水里洗脸。然后继续明亮。爸爸如果没有时间陪我去远方，我们坐下来看看荷花好吗。它们离我们很近，非常友好。我们就安静坐下来看荷花吧。

啦啦啦，荷花照亮我的家。

啦啦啦，荷花照亮小鱼虾。

爸爸，我忘记问了你喜欢我唱歌么。

爸爸，我现在和你相距一片陆地两块汪洋。可是我常常梦见荷花和我们的家。我们的家啊爸爸。我梦见你牵了我的手过马路。

爸爸我们是去看荷花吗？

我要把我欠你的小段时光还回来。你牵着我的手说。

妈妈

妈妈。我今天病了。打电话给你的时候我没有说。

我给自己买了厚厚的被子，冷气还开着，热带雨林的雨像个急于成名的蹩脚乐队一样天天敲敲打打地练习。就这样，我安安静静生病了。

妈妈，我知道怎么治病的，我找出你给我装的大箱子。它可真大，里面什么都有，像我原来的家。

我找到密密麻麻的写满字的单子，上面你说：药放在第二层里。

我吃的仍是大明湖畔那个城市的制药厂生产的药。它们一直放在那个庞大箱子的一角。我把它们抓出来，它们冰凉冰凉的带着我从前那个没有来得及品味的冬季的气息。妈妈我是在冬天离开你的吗？是吗是吗我记不清楚了啊。

妈妈我现在很害怕你。

世界上再也没有比一个无比美丽和善良的女人老去更可怕的事情了。妈妈你不要老好吗。我就回去，回家，我会跑得很快很快。不用你来机场接，我知道让计程车司机在第三个路口转弯然后直行比较近，你告诉过我的。妈妈，我真想，就穿着这件热带的蕾丝裙子飞快跑回去，经过我们家门口的湖和泉水。妈妈我还看见了我们从前养的那只猫。可它为什么没良心地走掉了呢我们对它这么好。妈妈我真的想这样一路跑回去，穿越大峡谷、热带雨林还有海。我翻过高山，走过麦田和北方的靛蓝色的平原。我将穿着我最好看的一件裙子站在你的面前。可是妈妈，为什么又是冬天了呢。为什么荷花凋谢泉水哽咽了呢。妈妈我是在冬天离开你的吗？整整一年，有吗有吗这样的久我不能相信了啊。

我穿着我最好看的裙子站在雪地里。北方的风从四个方向吹过来，中间的我是中空的。我看见风在我心里汇成的旋涡。

旋涡，倒映下你颀长的影子。妈妈，我是害怕你的。没有一件事情比你老去更使我难过。你看我回来了。蕾丝裙子是你喜欢的样子，我知道你喜欢的呀，妈妈我们两个一起穿蕾丝裙子好吗？

妈妈你的手上为什么仍旧有伤痕。是你给我掰核桃留下的吗？妈妈我看见你手上的伤痕，我看到那些尖利的东西欺负你，我讨厌它们。妈妈我怨恨核桃了不再喜欢了你不要剥给我了好吗。

妈妈你说我回去后的第一天我们做些什么呢。你说我们，我们两个做些什么好呢？妈妈我们再来养一只猫好么？我们的老猫咪真是糟糕。它承诺我的啊，我走之后它会乖乖在家里，好好陪着你，可是可是它走得比那个冬天还要快。我们这次好好养好么，我们养只忠诚的猫，或者狗，随你喜欢。我们带它去散步，给它挂银闪闪的牌子，一起给它洗澡好吗。妈妈，我多想有个小家伙陪着你。

妈妈或者我们一起去买菜吧你说好吗？我还是不会还价，可是我会挑拣了呀。妈妈你给我买件围裙吧。你送给过我数也数不清的衣服，可是现在我想要一件围裙你说好吗。我要和你一样的。零星小花和黄晶晶的油配在一起真是好看。要爸爸来给我们照相吧。我们都穿黑色蕾丝裙子。我们都穿围裙。妈妈你相信我，仍旧会有一样多的人说我们像姐妹的。

妈妈，你想要我陪你去做什么我都去。妈妈我们再看电视吧。我在天寒的时候坐过来抢你的毛衣。妈妈你就把那件毛衣送给了我。可是我现在在永远28度的天气里，我没有穿它。妈妈我对不起你和你的毛衣。其实我不喜欢它，我和你抢是因为我喜欢你穿它的样子。嘿嘿，我以为我穿上也会是一样的好看。

妈妈，我今天病了，因为我昨天夜里有一个非常壮丽的梦。我穿着我好看的裙子回家了。翻山越岭，我甚至还碰到那只背叛的猫，我抓起它的耳朵带它回去见你。可是我真的没有料想是一个冬天。我离开有一年了吗。

妈妈，如果是真的，如果我那么英勇地回去，你答应我，你什么都不要做，你就在门边等我好吗？你答应我带着你一年前的样子站在门边等我好吗？

妈妈，我在小心地走近你和看清你，我们都小声点好么，我不想吵醒这个华彩的梦。

冬天

汪曾祺

天冷了，堂屋里上了槅子。上了槅子，显得严紧、安适，好像生活中多了一层保护。家人闲坐，灯火可亲。

天冷了，堂屋里上了槅子。槅子，是春暖时卸下来的，一直在厢屋里放着。现在，搬出来，刷洗干净了，换了新的粉连纸，雪白的纸。上了槅子，显得严紧、安适，好像生活中多了一层保护。家人闲坐，灯火可亲。

床上拆了帐子，铺了稻草。洗帐子要挑一个晴明的好天，当天就晒干。夏布的帐子，晾在院子里，夏天离得远了。稻草装在一个布套里，粗布的，和床一般大。铺了稻草，暄腾腾的，暖和，而且有稻草的香味，使人有幸福感。

不过也还是冷的。南方的冬天比北方难受，屋里不生火。晚上脱了棉衣，钻进冰凉的被窝里；早起，穿上冰凉的棉袄棉裤，真冷。

放了寒假，就可以睡懒觉。棉衣在炉子上烘过了，起来就不是很困难了。尤其是，棉鞋烘得热热的，穿进去真是舒服。

我们那里生烧煤的铁火炉的人家很少。一般取暖，只是铜炉子、脚炉和手炉。脚炉是黄铜的，有多眼的盖。里面烧的是粗糠。粗糠装满，铲上几铲没有烧透的芦柴火（我们那里烧芦苇，叫做“芦柴”）的红灰盖在上面。粗糠引着了，冒一阵烟，不一会儿，烟尽了，就可以盖上炉盖。粗糠慢慢延烧，可以经很久。老太太们离不开它。闲来无事，打打纸牌，每个老太太脚下都有一个脚炉。脚炉里粗糠太实了，空气不够，火力渐微，就要用“拨火板”沿炉边挖两下，把粗糠拨松，火就旺了。脚炉暖人。脚不冷则周身不冷。焦糠的气味也很好闻。仿日本俳句，可以作一首诗：“冬天，脚炉焦糠的香。”手炉较脚炉小，大都是白铜的，讲究的是银质的。炉盖不是一个一个圆窟窿，大都是镂空的松竹梅花图案。手炉有极小的，中置炭墼（用炭末做成的块状燃料，多呈圆柱形），以纸媒头引着。一个炭墼能经一天。

冬天吃的菜，有乌青菜、冻豆腐。乌青菜塌棵，平贴地面，江南谓之“塌苦菜”，此菜味微苦。我的祖母在后园辟一小片地，种乌青菜，经霜，菜叶边缘作紫红色，味道苦中泛甜。乌青菜与“蟹油”同煮，滋味难比。“蟹油”是以大螃蟹煮熟剔肉，加猪油“炼”成的，放在大海碗里，凝成蟹冻，久贮不坏，可吃一冬。豆腐冻后，不知道为什么是蜂窝状。化开，切小块，与鲜肉、咸肉、牛肉、海米或咸菜同煮，无不佳。冻豆腐宜放辣椒、青蒜。我们那里过去没有北方的大白菜，只有“青菜”。大白菜是从山东运来的，美其名曰“黄芽菜”，很贵。“青菜”似油菜而大，高二尺，是一年四季都有的，家家都吃的菜。咸菜即是用青菜腌的。阴天下雪，喝咸菜汤。

冬天的游戏：踢毽子，抓子儿，下“逍遥”。“逍遥”是在一张正方形的白纸上，木版印出螺旋的双道，两道之间印出八仙、马、兔子、鲤鱼、虾……每样都是两个，错落排列，不依次序。玩的时候各执铜钱或象棋子为子儿，掷骰子，如果骰子是五点，自“起马”处数起，向前走五步，是兔子，则可向内圈寻找另一只兔子，以子儿押在上面。下一轮开始，自里圈兔子处数起，如是六点，进六步，也许是铁拐李，就寻另一个铁拐李，把子儿押在那个铁拐李上。如果数至里圈的什么图上，则到外圈去找，退回来。点数够了，子儿能进终点（终点是一座宫殿式的房子，不知是月宫还是龙门），就算赢了。次后进入的为“二家”“三家”。“逍遥”两个人玩也可以，三四个人玩也可以。不知道为什么叫作“逍遥”。

早起一睁眼，窗户纸上亮晃晃的，下雪了！雪天，到后园去折腊梅花、天竺果。明黄色的腊梅、鲜红的天竺果、白雪，生机盎然。腊梅开得很长，天竺果尤为耐久，插在胆瓶里，可经半个月。

舂粉子。有位邻居，有一架碓。这架碓平常不大有人用，只在冬天由附近的一二十家轮流借用。碓屋很小，除了一架碓，只有一些筛子、箩。踩碓很好玩，用脚一踏，吱扭一声，碓嘴扬了起来，嘭的一声，落在碓窝里。粉子舂好了，可以蒸粉、做“年烧饼”（糯米粉为蒂，包豆沙白糖，作为饼，在锅里烙熟）、搓圆子（即汤团）。舂粉子，就快过年了。

陶然亭的雪

俞平伯

于秋之为秋，冬之为冬，我之为我，一切之为一切，固依然自若，并非可叹可悲可怜可喜的意味。

小引

悄然的北风，黯然的彤云，炉火不温了，灯还没有上呢。这又是一年的冬天。在海滨草草营巢，暂止飘零的我，似乎不必再学黄叶们故意沙沙地作成那繁响了。老实说，近来时序的迁流，无非逼我换了几回衣裳；把夹衣叠起，把棉衣抖开，这就是秋尽冬来的惟一大事。至于秋之为秋，冬之为冬，我之为我，一切之为一切，固依然自若，并非可叹可悲可怜可喜的意味，而且连那些意味的残痕也觉无从觅哩。千条万派活跃的流泉似全然消释于无何有之乡土，剩下“漠然”这么一味来相伴了。看看窗外酿雪的彤云，倒活画出我那潦倒的影儿一个。像这样喑哑无声的蠢然一物，除血脉呼吸的轻颤以外，安息在冬天的晚上，真真再好没有了。有人说，这不是静止——静止是没有的——是均衡的动，如两匹马以同速同向去跑着，即不异于比肩站着的石马。但这些问题虽另有人耐烦去想，而我则岂其人呢。所以于我顶顶合式，莫如学那冬晚的停云。（你听见它说过话吗？）无如编辑《星海》的朋友们逼我饶舌。我将怎

样呢？——有了！在“悄然的北风，黯然的彤云，炉火不温了，灯还没有上呢”这个光景下，令我追忆昔年北京陶然亭之雪。

我虽生长于江南，而自曾北去以后，对于第二故乡的北京也真不能无所恋恋了。尤其是在那样一个冬晚，有银花纸糊裱的顶棚和新衣裳一样綷縩的纸窗，一半已烬一半红着，可以照人须眉的泥炉火，还有墙外边三两声的担子吆喝。因房这样矮而洁，窗这样低而明，越显出天上的彤云格外的沉凝欲堕，酿雪的意思格外浓鲜而成熟了。我房中照例上灯烛迟些，对面或侧面的火光常浅浅耀在我的窗纸上，似比月色还多了些静穆，还多了些凄清。当我听见廓落的院子里有脚步声，一会儿必要跟着“砰”关风门了，或者“砣搭”下帘子了。我便料到必有寒紧的风在走道的人颈旁拂着，所以他要那样匆匆的走。如此，类乎此的黯淡的寒姿，在我忆中至少可以匹敌江南春与秋的姝丽了，至少也可以使惯住江南的朋友们了解一点名说苦寒的北方，也有足以系人思念的冬之黄昏啊。有人说，“这岂不将勾惹我们的迟暮之感？”真的！——可是，咱们谁又是专喝蜜水的人呢。

总是冬天吧（谁要你说？），年月日是忘怀了。读者们想决不屑介意于此琐琐的，所以忘怀倒也没要紧。那天是雪后的下午。我其时住在东华门侧一条曲折的小胡同里，而G君所居更偏东些。我们雇了两辆“胶皮”，向着陶然亭去，但车只雇到前门外大外郎营。（从东城至陶然亭路很远，冒雪雇车很不便）。车轮咯咯吱吱地切碾着白雪，留下凹纹的平行线，我们遂由南池子而天安门东，渐逼近车马纷填，兀然在目的前门了。街衢上已是一半儿泥泞，一半儿雪了。幸而北风还时时吹下一阵雪珠，蒙络那一切，正如疏朗溟濛的银雾。亦幸而雪在北京，似乎是白面捏的，又似乎是白泥塑的（往往到初春时，人家庭院里还堆着与土同色的雪，结果是成筐的挑了出去完事。）若移在江南，檐漏的滴答，不终朝而消尽了。

言归正传。我们下了车，踏着雪，穿粉房琉璃街而南，炫眼的雪光愈白，栉比的人家渐寥落了。不久就远远望见清旷莹明的原野，这正是在城圈里待腻了的我们所期待的。累累的荒冢，白着头的，地名叫做窑台。我不禁联想那“会向瑶台月下逢”的所谓瑶台。这本是比拟不伦，但我总不住地那么想。

那时江亭之北似尚未有通衢。我们踯躅于白蓑衣广覆着的田野之间，望望这里，望望那里，都很像江亭似的。商量着，偏西南方较高大的屋，或者就是了。但为什么不见一个亭子呢？藏在里边吧？

到拾级而登时，已确信所测不误了。然踏穿了内外竟不见有什么亭子。幸而上面挂着的一方匾；否则那天到的是不是陶然亭，若至今还是疑问，岂非是个笑话。江亭无亭，这样的名实乖违，总使我们怅然若失。我来时是这样预期的，一座四望极目的危亭，无碍无遮，在雪海中沐浴而嬉，宛如回旋的灯塔在银涛万沸之中，浅礁之上，亭亭矗立一般。而今竟只见拙钝的几间老屋，为城圈之中所习见而不一见的，则已往的名流觞咏，想起来真不免黯然寡色了。

然其时雪又纷纷扬扬而下来，跳舞在灰空里的雪羽，任意地飞集到我们的粗呢氅衣上。趁它们未及融为明珠的时候，我即用手那么一拍，大半掉在地上，小半已渗进衣襟去。“下马先寻题壁字”，来来回回地循墙而走，咱们也大有古人之风呢。看看咱们能拾得什么？至少也当有如“白丁香折玉亭亭”一样的句子被传诵着吧。然而竟终于不见！可证“一蟹不如一蟹”这句老话真是有一点意思的。后来幸而觅得略可解嘲的断句，所谓“卅年戎马尽秋尘”者，从此就在咱们嘴里咕噜着了。

在曲折廓落的游廊间，当北风卷雪渺无片响的时分，忽近处递来琅琅的书声。谛听，分明得很，是小孩子的。它对于我们十分亲密，因为和从前我们在书房里所唱出的正是一个样子的。这尽可以使我重温热久未曾尝的儿时的甜酒，使我俯拾眠歌声里的温馨梦痕；并可以减轻北风的尖冷，抚慰素雪的飘零。换一句干脆点的话，就是在清冷双绝的况味中，它恰好给喝了一点热热酽酽的东西，使一切已凝的，一切凝着的，一切将凝的，都软洋洋弹着腰肢不自支持了。

书声还正琅琅然呢。我们寻诗的闲趣被窥人的热念给岔开了。从回廊下踅过去，两明一暗的三间屋，玻璃窗上帷子亦未下。天色其时尚未近黄昏；惟云天密吻，酿雪意的浓酣，阡陌明胸，积雪痕的寒皎，似乎全与迟暮合缘，催着黄昏快些来吧。至屋内的陈设，人物的须眉，已尽随年月日时的迁移，送进茫茫昧昧的乡土，在此也只好从缺。几个较鲜明的印象，尚可片片掇拾以告诸君的，是厚的棉门帘一个；肥短的旱烟袋一支；老黄色的《孟子》一册，上有银朱圈点，正翻到《离娄》篇首；照例还有白灰泥炉一个，高高的火苗窜着；以外……

“算了吧，你不要在这儿写账哟！”

游览必终之以大嚼，是我们的惯例，这里边好像有鬼催着似的。我曾和我姊姊说过，“咱们以后不用说逛什么地方，老实说吃什么地方好了。”她虽付之一笑，却不斥我为胡闹，可见中非无故了。我且曾以之问过吾师。吾师说得尤妙：“好吃是文人的天性。”这更令我不便追问下去。因为既曰天性，已是第一因了。还要求它的因，似乎不很知趣。如理化学家说到电子，心理学家说到本能，生机哲学者说到什么“隐得而希”……闲言少表。天性既不许有例外，谈到白雪，自然会归到一条条的白面上去。不过这种说法是很辱没胜地的，且有点文不对题。所以在江亭中吃的素面，只好割爱不谈。我只记得青汪汪的一炉火，温煦最先散在人的双颊上。那户外的尖风呜呜地独自去响。倚着北窗，恰好鸟瞰那南郊的旷莽积雪。玻璃上偶沾了几片鹅毛碎雪，更显得它的莹明不滓。雪固白得可爱，但它干净得尤好。

酿雪的云，融雪的泥，各有各的意思；但总不如一半留着的雪痕，一半飘着的雪花，上上下下，迷眩难分的尤为美满。脚步声听不到，门帘也不动，屋里没有第三个人。我们手都插在衣袋里，悄对着那排向北的窗。窗外有几方妙绝的素雪装成的册页。累累的坟，弯弯的路，枝枝丫丫的树，高高低低的屋顶，都秃着白头，耸着白肩膀，危立在卷雪的北风之中。上边不见一只鸟儿展着翅，下边不见一条虫儿蠢然的动（或者要归功于我的近视眼），不用提路上的行人，更不用提马足车尘了。惟有背后已热的瓶笙吱吱的响，是为静之独一异品；然依昔人所谓“蝉噪林逾静”的静这种诠释，它虽努力思与岑寂绝缘终久是失败的哟。死样的寂每每促生胎动的潜能，惟万寂之中留下一分两分的喧哗，使就烬的赤灰不致以内炎而重生烟焰；故未全枯寂的外缘正能孕育着止水一泓似的心境。这也无烦高谈妙谛，只当咱们清眠不熟的时光便可以稍稍体验这番悬谈了。闲闲的意想，乍生乍灭，如行云流水一般的不关痛痒，比强制吾心，一念不着的滋味如何？这想必有人能辨别的。

炉火使我们的颊热，素面使我们的胃饱，飘零的暮雪使我们的心越过越黯淡。我们到底不得不出去一走，到底不得不面迎着雪，脚踹着雪，齐向北快快地走。离亭数十步外有一土坡，上开着一家油厂，厂右有小小的断坟并立。从坟头的小碣，知道一个葬的是鹦鹉，一个名为香冢，想又是美人黄土那类把戏了。只是一件，油厂有狗，喜拦门乱吠。G君是怕狗的；因怕它咬，并怕那未必就咬的吠，并怕那未必就吠的狗。而我又是怯登土坡的，雪覆着的坡子滑滑的难走，更有点望之生畏。故我们商量商量，还是别去为妙。

我们绕坡北去时，G君抬头而望（我记得其时狗没有吠）对我说，来年春归时，种些红杜鹃花在上面。我点点头。路上还商量着买杜鹃花的价钱。……现在呢，然而现在呢？我惆怅着夙愿的虚设。区区的愿原不妨辜负，然区区的愿亦未免辜负，则以外的岂不又可知了。——北京冬间早又见了三两寸的雪，而上海至今只是黯然的彤云，说是酿雪，说是酿雪，而终于不来。这令我由不得追忆那年江亭玩雪的故事。

雪晚归船

俞平伯

日常见惯的峦姿，一被积雪覆盖着，蓦地添出多少层叠来，宛然新生的境界，仿佛将完工的画又加上几笔皴染似的。

日来北京骤冷，谈谈雪吧。怪腻人的，不知怎么总说起江南来。江南的往事可真多，短梦似的一场一场在心上跑着；日子久了，方圆的轮廓渐磨钝了，写来倒方便些，应了岂明君的"就是要加减两笔也不要紧"这句话。我近来真懒得可以，懒得笔都拿不起，拿起来费劲，放下却很"豪燥"的。依普通说法，似应当是才尽，但我压根儿未见得有才哩。

淡淡地说，疏疏地说，不论您是否过瘾，凡懒人总该欢喜的是那一年上，您是否记得？您家湖上的新居落成未久。它正对三台山，旁见圣湖一角。曾于这楼廊上一度看雪，雪景如何的好，似在当时也未留下深沉的影像，现在追想更觉茫然。——无非是面粉盐花之流吧，即使于才媛嘴里依然是柳絮。

然而H君快意于他的新居，更喜欢同着儿女们游山玩水，于是我们遂从"杭州城内"剪湖水而西了。于雪中，于明敞的楼头凝眸暂对，却也尽多佳处。皎洁的雪，森秀的山，并不曾辜负我们来时的一团高兴。且日常见惯的峦姿，一被积雪覆盖着，蓦地添出多少层叠来，宛然新生的境界，仿佛将完工的画又加上几笔皴染似的。记得那时H 君就这般说。

静趣最难形容，回忆中的静趣每不自主地杂以凄清，更加难以说了。而且您必不会忘记，我几时对着雪里的湖山，悄然神往呢。我从来不曾如此伟大过一回，真人面前不说谎。团雪为球，掷得一塌糊涂倒是真的，有同嬉的L为证。

以掷雪而L败，败而袜湿，等袜子烤干，天已黑下来，于是回家。如此的清游可发一笑吧？瞧瞧今古名流的游记上有这般写着的吗？没有过！——惟其如此，我才敢大大方方地写，否则马上搁笔，“您另请高明！”

毕竟那晚的归舟是难忘的。因天雨雪，丢却悠然的双桨，讨了一只大船。大家伙儿上船之后，它便扭扭搭搭晃荡起来。雪早已不下，尖风却澌澌的，人躲在舱里。天又黑得真快，灰白的雪容，一转眼铁灰色了，雪后的湖浪沉沉，拍船头间歇地汩然而响。旗下营的遥灯渐映眼朦胧黄了。那时中舱的板桌上初点起一支短短的白烛来。烛焰打着颤，以船儿的欹倾，更遥遥无所主，似微薄而将向尽了。我们都拥着一大堆的寒色，悄悄地趁残烛而觅归。那时似乎没有说什么话，即有三两句零星的话，谁还记得清呢。大家这般草草地回去了。

白马湖之冬

夏丏尊

我于这种时候，深感到萧瑟的诗趣，常独自拨划着炉灰，不肯就睡，把自己拟诸山水画中的人物，作种种幽邈的遐想。

在我过去四十余年的生涯中，冬的情味尝得最深刻的，要算十年前初移居白马湖的时候了。十年以来，白马湖已成了一个小村落，当我移居的时候，还是一片荒野。春晖中学的新建筑巍然矗立于湖的那一面，湖的这一面的山脚下是小小的几间新平屋，住着我和刘君心如两家。此外两三里内没有人烟。一家人于阴历十一月下旬从热闹的杭州移居这荒凉的山野，宛如投身于极带中。

那里的风，差不多日日有的，呼呼作响，好像虎吼。屋宇虽系新建，构造却极粗率，风从门窗隙缝中来，分外尖削，把门缝窗隙厚厚地用纸糊了，缝中却仍有透入。风刮得厉害的时候，天未夜就把大门关上，全家吃毕夜饭即睡入被窝里，静听寒风的怒号，湖水的澎湃。靠山的小后轩，算是我的书斋，在全屋子中风最小的一间，我常把头上的罗宋帽拉得低低的，在洋灯下工作至深夜。松涛如吼，霜月当窗，饥鼠吱吱在承尘上奔窜。我于这种时候，深感到萧瑟的诗趣，常独自拨划着炉灰，不肯就睡，把自己拟诸山水画中的人物，作种种幽邈的遐想。

现在白马湖到处都是树木了，当时尚一株树木都未种。月亮与太阳都是整个儿的，从上山起直要照到下山为止。太阳好的时候，只要不刮风，那真和暖得不像冬天。一家人都坐在庭间曝日，甚至于吃午饭也在屋外，像夏天的晚饭一样。日光晒到哪里，就把椅凳移到哪里，忽然寒风来了，只好逃难似的各自带了椅凳逃入室中，急急把门关上。在平常的日子，风来大概在下午快要傍晚的时候，半夜即息。至于大风寒，那是整日夜狂吼，要二三日才止的。最严寒的几天，泥地看去惨白如水门汀，山色冻得发紫而黯，湖波泛深蓝色。

下雪原是我所不憎厌的，下雪的日子，室内分外明亮，晚上差不多不用燃灯。远山积雪足供我半个月的观看，举头即可从窗中望见。可是究竟是南方，每冬下雪不过一二次。我在那里所日常领略的冬的情味，几乎都从风来。白马湖的所以多风，可以说是有着地理上的原因。那里环湖都是山，而北首却有一个半里阔的空隙，好似故意张了袋口欢迎风来的样子。白马湖的山水和普通的风景地相差不远，唯有风却与别的地方不同。风的多和大，凡是到过那里的人都知道的。风在冬季的感觉中，自古占着重要的因素，而白马湖的风尤其特别。

现在，一家僦居上海多日了，偶然于夜深人静时听到风声，大家就要提起白马湖来，说，“白马湖不知今夜又刮得怎样厉害哩！”

江南的冬景

郁达夫

在这一幅冬日农村的图上，再洒上一层细得同粉也似的白雨，加上一层淡得几不成墨的背景，你说还够不够悠闲？

凡在北国过过冬天的人，总都道围炉煮茗，或吃涮羊肉，剥花生米，饮白干的滋味。而有地炉，暖炕等设备的人家，不管它门外面是雪深几尺，或风大若雷，而躲在屋里过活的两三个月的生活，却是一年之中最有劲的一段蛰居异境；老年人不必说，就是顶喜欢活动的小孩子们，总也是个个在怀恋的，因为当这中间，有萝卜、雅儿梨等水果的闲食，还有大年夜，正月初一、元宵等热闹的节期。

但在江南，可又不同；冬至过后，大江以南的树叶，也不至于脱尽。寒风——西北风——间或吹来，至多也不过冷了一日两日。到得灰云扫尽，落叶满街，晨霜白得像黑女脸上的脂粉似的清早，太阳一上屋檐，鸟雀便又在吱叫，泥地里便又放出水蒸气来，老翁小孩就又可以上门前的隙地里去坐着曝背谈天，营屋外的生涯了；这一种江南的冬景，岂不也可爱得很么？

我生长江南，儿时所受的江南冬日的印象，铭刻特深；虽则渐入中年，又爱上了晚秋，以为秋天正是读读书、写写字的人的最惠季节，但对于江南的冬景，总觉得是可以抵得过北方夏夜的一种特殊情调，说得摩登些，便是一种明朗的情调。

我也曾到过闽粤，在那里过冬天，很和暖，有时候到了阴历的年边，说不定还不得不拿出纱衫来穿；走过野人的篱落，更还看得见许多杂七杂八的秋花！一番阵雨雷鸣过后，凉冷一点；至多也只好换上一件夹衣，在闽粤之间，皮袍棉袄是绝对用不着的；这一种极南的气候异状，并不是我所说的江南的冬景，只能叫它作南国的长春，是春或秋的延长。

江南的地质丰腴而润泽，所以含得住热气，养得住植物；因而长江一带，芦花可以到冬至而不败，红叶也有时候会保持得三个月以上的生命。像钱塘江两岸的乌桕树，则红叶落后，还有雪白的桕子着在枝头，一点一丛，用照相机照将出来，可以乱梅花之真。草色顶多成了赭色，根边总带点绿意，非但野火烧不尽，就是寒风也吹不倒的。若遇到风和日暖的午后，你一个人肯上冬郊去走走，则青天碧落之下，你不但感不到岁时的肃杀，并且还可以饱觉着一种莫名其妙的含蓄在那里的生气。“若是冬天来了，春天也马上会来”的诗人的名句，只有在江南的山野里，最容易体会得出。

说起了寒郊的散步，实在是江南的冬日，所给与江南居住者的一种特异的恩惠；在北方的冰天雪地里生长的人，是终他的一生，也绝不会有享受这一种清福的机会的。我不知道德国的冬天，比起我们江浙来如何，但从许多作家的喜欢以Spaziergang

一字来做他们的创造题目的一点看来，大约是德国南部地方，四季的变迁，总也和我们的江南差仿不多。譬如说十九世纪的那位乡土诗人洛在格（Peter Rosegger 1843—1918）吧，他用这一个“散步”做题目的文章尤其写得多，而所写的情形，却又是大半可以拿到中国江浙的山区地方来适用的。

江南河港交流，且又地滨大海，湖沼特多，故空气里时含水分；到得冬天，不时也会下着微雨，而这微雨寒村里的冬霖景象，又是一种说不出的悠闲境界。你试想想，秋收过后，河流边三五家人家会聚在一道的一个小村子里，门对长桥，窗临远阜，这中间又多是树枝槎桠的杂木树林；在这一幅冬日农村的图上，再洒上一层细得同粉也似的白雨，加上一层淡得几不成墨的背景，你说还够不够悠闲？若再要点景致进去，则门前可以泊一只乌篷小船，茅屋里可以添几个喧哗的酒客，天垂暮了，还可以加一味红黄，在茅屋窗中画上一圈暗示着灯光的月晕。人到了这一个境界，自然会胸襟洒脱起来，终至于得失俱亡，死生不问了；我们总该还记得唐朝那位诗人作的“暮雨潇潇江上树”的一首绝句吧？诗人到此，连对绿林豪客都客气起来了，这不是江南冬景的迷人又是什么？

提到雨，也就必然地要想到雪：“晚来天欲雪，能饮一杯无？”自然是江南日暮的雪景；“寒沙梅影路，微雪酒香村”，则雪月梅的冬宵三友，会合在一道，在调戏酒姑娘了。“柴门村犬吠，风雪夜归人”，是江南雪夜，更深人静后的景况；“前树深雪里，昨夜一枝开”，又到了第二天的早晨，和狗一样喜欢弄雪的村童来报告村景了。诗人的诗句，也许不尽是在江南所写，而做这几句诗的诗人，也许不尽是江南人，但假了这几句诗来描写江南的雪景，岂不直截了当，比我这一支愚劣的笔所写的散文更美丽得多？

有几年，在江南，也许会没有雨没有雪地过一个冬，到了春间阴历的正月底或二月初再冷一冷下一点春雪的；去年的冬天是如此，今年的冬天恐怕也不得不然，以节气推算起来，大约太冷的日子，将在明年的二月尽头，最多也总不过是七八天的样子。像这样的冬天，乡下人叫作旱冬，对于麦的收成或者好些，但是人口却要受到损伤。旱得久了，白喉、流行性感冒等疾病自然容易上身，可是想恣意享受江南的冬景的人，在这一种冬天，倒只会得到快活一点，因为晴和的日子多了，上郊外去闲步逍遥的机会自然也多；日本人叫作Hiking，德国人叫作Spaziergang狂者，日本人和德国人最欢迎的也就是这样的冬天。

窗外的天气晴朗得像晚秋一样：晴空的高爽，日光的洋溢，引诱得使你在房间里坐不住，空言不如实践，这一种无聊的杂文，我也不再想写下去了，还是拿起手杖，搁下纸笔，上湖上散散步吧！

雪

蒋勋

雪落下来了，纷纷乱乱，错错落落，好像暮春时分漫天飞舞的花瓣，非常轻，一点点风，就随着飞扬回旋，在空中聚散离合。

雪落下来了，纷纷乱乱，错错落落，好像暮春时分漫天飞舞的花瓣，非常轻，一点点风，就随着飞扬回旋，在空中聚散离合。

每年冬天都来V城看母亲，却从没遇到这么大的雪。

在南方亚热带的岛屿长大的我，生活里完全没有见过雪。小时候喜欢搜集西洋圣诞节的卡片，上面常有白皑皑的雪景。一群鹿拉着雪橇，在雪地上奔跑。精致一点的，甚至在卡片上洒了一层玻璃细粉，晶莹闪烁，更增加了我对美丽雪景的幻想。

母亲是地道的北方人，在寒冷的北方住了半辈子。和她提起雪景，她却没有很好的评价。她拉起裤管，指着小腿近足踝处一个小铜钱般的疤，对我说："这就是小时候生冻疮留下的。雪里走路，可不好受。"

中学时为了看雪，我参加了合欢山的滑雪冬训活动。在山上住了一个星期，各种滑雪技巧都学了，可是等不到雪。别说是雪，连霜都没有，每天艳阳高照。我们就穿着雪鞋，在绿油油的草地上滑来滑去，摆出各种滑雪的姿势。

大学时，有一年冬天，北方的冷空气来了，气温陡降。新闻报道台北近郊竹子湖附近的山上飘雪。那天教秦汉史的傅老师，也是北方人，谈起了雪，大概勾起了他的乡愁吧，便怂恿大伙儿一起上山赏雪。学生当然雀跃响应，于是便停了一课，师生步行上山去寻雪。

还没到竹子湖，半山腰上，四面八方都是人，山路早已拥塞不通。一堆堆的游客，戴着毡帽，围了围巾，穿起羽绒衣，彼此笑闹推挤，比台北市中心还热闹嘈杂，好像过年一样。

天上灰云密布，有点要降雪的样子。再往山上走，山风很大，呼啸着，但仍看不见雪。偶然飘下来一点像精制盐一样的细粉，大家就伸手去接，惊叫欢呼："雪！雪！"赶紧把手伸给别人看，但是凑到眼前，什么都没有了。

没有想到真正的雪是这样下的。一连下了几个小时不停，像撕碎的鹅毛，像扯散的棉絮，像久远梦里的一次落花，无边无际，无休无止。这样富丽繁华，又这样朴素沉静。

母亲因患糖尿病，一星期洗三次肾。我去V城看她的次数也愈来愈多。洗肾回来，睡了一觉，不知被什么惊醒，母亲有些怀疑地问我："下雪了吗?"

我说："是。"

扶她从床上坐起，我问她：“要看吗?”

她点点头。

母亲的头发全灰白了，剪得很短，干干地贴在头上，像一蓬沾了雪的枯草。

我扶她坐上轮椅，替她围了条毯子。把轮椅推到客厅的窗前，拉开窗帘，外面的雪下得更大了。刹那，树枝上、草地上、屋顶上，都积了厚厚的雪。只有马路上的雪，被车子轧过，印下黑黑的车辙，其他的地方都成白色。很纯粹洁净的白。雪使一切复杂的物象统一在单纯的白色里。

地上的雪积厚了，行人走路都特别小心。一个人独自一路走去，路上就留着长长的脚印，渐行渐远。

雪继续下，脚印慢慢被新雪覆盖，什么也看不出了。只有我一直凝视，知道曾经有人走过。

“好看吗？”

我靠在轮椅旁，指给母亲看繁花一样的雪漫天飞扬。

母亲没有回答。她睡着了。她的头低垂到胸前，裹在厚厚的红色毛毯里，看起来像沉湎在童年的梦里。

没有什么能吵醒她，没有什么能惊扰她，她好像一心在听自己故乡落雪的声音。

有一群海鸥和乌鸦聒噪着，为了争食被车轧过的雪地上的鼠尸，扑扇着翅膀，一面锐声厉叫，一面乘隙叼食地上的尸肉。雪，沉静在地面上的雪，被它们扑扇着的翅膀惊动，飞扬起来。雪这么轻，一点点风，一点点不安骚动，就纷乱了起来。

“啊……”

母亲在睡梦中长长叹了一声。她的额头、眉眼四周、嘴角、两颊、下巴、颈项各处，都是皱纹，像雪地上的辙痕，一道一道，一条一条，许多被惊扰的痕迹。

大雪持续了一整天。地上的雪堆得有半尺高了。小树丛的顶端也顶着一堆雪，像蘑菇的帽子。

被车轮轧过的雪结了冰，路上很滑，开车的人很小心，车子无声滑过。白色的雪掺杂着黑色的泥，也不再纯白洁净了，看起来有一点邋遢。路上的行人怕摔跤，走路也特别谨慎，每一步都踏得稳重。

入夜以后，雪还在落，我扶母亲上床睡了。临睡前她叮咛我：“床头留一盏灯，不要关。”

我独自靠在窗边看雪。客厅的灯都熄了，只有母亲卧室床头一点幽微遥远的光，反映在玻璃上。室外因此显得很亮，白花花、澄净的雪，好像明亮的月光。

没有想到在下雪的夜晚户外是这么明亮的。看起来像宋人画的雪景。宋人画雪不常用锌白、铅粉这些颜料，只是把背景用墨衬黑，一层层渲染，留出山头的白、树梢的白，甚至花蕾上的白。

白，到了是空白。白，就仿佛不再是色彩，不再是实体的存在。白，变成一种心境，一种看尽繁华之后生命终极的领悟。

唐人张若虚，看江水，看月光，看空中飞霜飘落，看沙渚上的鸥鸟，看到最后，都只是白，都只是空白。他说："空里流霜不觉飞，汀上白沙看不见。"

白，是看不见的，只能是一种领悟。

远处街角有一盏路灯，照着雪花飞扬，像舞台上特别打的灯光。雪在光里迷离纷飞，像清明时节山间祭拜亲人烧剩的纸灰，纷纷扬扬；又像千万只刚刚孵化的白蝴蝶，漫天飞舞。

远远听到母亲熟睡时缓慢悠长的鼻息，像一片一片雪花，轻轻沉落到地上。

本书制作团队有幸得到多方协助，取得本书著作使用权，但终因能力有限，仍有个别作者无法取得联系，在此致以诚挚的歉意。敬请相关作者看到本书后与我们联络，以便奉上稿酬。

图书在版编目（CIP）数据

人间好时节 / 张晓风等著. --北京：九州出版社，2018.1

ISBN 978-7-5108-6662-3

Ⅰ. ①人… Ⅱ. ①张… Ⅲ. ①散文集—中国 Ⅳ. ①I26

中国版本图书馆CIP数据核字（2018）第033552号

人间好时节

作　　者	张晓风等　著
出版发行	九州出版社
地　　址	北京市西城区阜外大街甲35号（100037）
发行电话	（010）68992190/3/5/6
网　　址	www.jiuzhoupress.com
电子信箱	jiuzhou@jiuzhoupress.com
印　　刷	三河市中晟雅豪印务有限公司
开　　本	700毫米×970毫米　32开
印　　张	7.25
字　　数	150千字
版　　次	2018年4月第1版
印　　次	2018年4月第1次印刷
书　　号	ISBN 978-7-5108-6662-3
定　　价	28.00元